新典社選書105

鎌倉武士の和歌

―雅のシルエットと鮮烈な魂―

菊池威雄 著

新典社

目　次

第三章　歌人将軍宗尊親王の時代と和歌

序章　宮廷文化としての和歌

鎌倉時代、およそ一五〇年の間、将軍をはじめ多くの武士たちが和歌を詠んできた。和歌はいうまでもなく公家文化の精髄である。存立の根拠を兵法に置くのが武士である。武力とは他者の命を奪う能力であり、兵法とはその技である。仮に日常の在り方が農民に近いものであったにしろ、武力・兵法を精神の構えとして生きたのが武士である。その本性に酷薄で凄惨な精神を秘めた武士が、なぜ公家の文化を踏襲しなければならないのか。

歴史は底の見えない川である。原則として和歌は水面に浮かび出た輝く砂子であり、時の明を映し出す鏡である。どれほど暗い時代であっても明るさやめでたさは絶無ではない。和歌はいつの時代でも輝いていた。時代が下るにしたがって和歌は、生老病死という四大辛苦のつぶやきを水面にちりばめるようになるが、その本性は予祝的な呪言である。そのような和歌に鎌倉の武士たちは何を託そうとしたのか。そして何を生み出そうとしたのか、彼らを動かした歴史の流れに照らしながら検証してみたい。

武士の統治権を支えたのは先ずはその卓越した武力であろうが、統治の権威は武力だけでは成り立たない。畢竟、武力による支配は被支配者の恐怖心の範囲でしか成立しない。支配される側に現実に根ざした生活文化を育ませるだけの余裕と安定を与えなければ統治はできない。そうした安定を揺るがすものに向けられる武力以外は、むしろ統治の障害でしかあるまい。

武力によって生み出されたものでありながら、武力は統治のつまずきの石となりかねない。

武力を権力闘争の手段として駆使したのも鎌倉武士ならば、その酷薄な破壊力をいかに宥めるかに腐心したのも彼らであった。しかし武力が武士の本質である以上それを捨てることはできない。なればこそ武士は、先ずは武力の破壊力を隠すことなく、可視的な形に整え、統治の権威として機能させる術を、王朝の公家文化から学び取っていかなければならなかった。端的に言えばそれは武力の儀礼化である。具体的には神事として営まれる流鏑馬や弓始めなどの兵馬に関わる年中行事である。武士が和歌に親しむことも、この武力の儀礼化と通底している。ともに統治の権威に関っていると考えられる。

鶴岡八幡宮

　武力を行使して開いた鎌倉幕府が力を注いだのは、統治の組織の整備と、統治を支える理念的な支柱としての神祇と公的な儀礼である。武力の儀礼化の代表は流鏑馬であろう。文治三年（一一八七）八月一五日の放生会《ほうじょうえ》に鶴岡八幡宮に頼朝が奉納したのが鎌倉における流鏑馬の起源であると言われている。遥かなる古代の六世紀の欽明天皇の時代、五穀豊穣を祈願して疾駆する馬上から的を射る弓馬の術が奉納されたのが起源とされ、平安朝の宇多天皇の時代に弓馬の礼法が制定され、それを武門の家が伝えることになったという。

頼朝が流鏑馬を奉納した日のちょうど一年前の放生会の日、頼朝は鳥居のあたりを徘徊する老法師を目撃する。これを怪しんで名字を問わせると歌人として知られた西行であった。後に述べるように頼朝は歴とした『新古今和歌集』の歌人である。早速召し出して歓談に及んだが、話題は和歌ではなく、兵馬のことであった。西行は遁世のみぎり秀郷より九代の嫡流相承の兵法は焼失して、心底にとどめずすべて忘却してしまったと答える。これはいかにも世捨て人らしい遁辞に過ぎず、弓馬の達人として華やかな宮廷武士として輝いた佐藤義清《さとうのりきよ》こと西行が忘れていようはずはなかった。頼朝の求めに応じて、「恩問等閑ならざるの間、弓馬の事においては具にもつてこれを申す」(『吾妻鏡』)と伝えられる。老耄どころか遠き若き日の義清が蘇った一刻であった。頼朝はその貴重な情報を藤原俊兼に記録させたという。頼朝が目指していたのは、実践的な兵法ではなく兵法の儀礼化であろう。翌年の放生会の流鏑馬は西行とのこの夜の兵法談義が大きく影響していると考えられている。

疾駆する馬上から的を射る技を美的に演出したのが流鏑馬という神事である。射手として見事に的を射ることは鎌倉武士にとってはこのうえなき栄誉である。文治三年(一一八七)の流鏑馬において、囚われの身であった諏訪盛澄がすべての的を射ぬいて御家人に取り立てられている。兵法を神に奉ることは武士の本領たる兵法が、死を招く穢れではなく、邪気を払う神聖な技であることの証しである。兵法は立ち向かう対象によって輝く栄誉に変換される。それゆえに兵法は厳粛な美を備えていなければならなかった。馬場に登場する武士の出で立ちの華麗さ、作法に従った凛々しき立居振舞など、磨き抜かれた技の総和が流鏑馬という神事を成り立たせている。

神事―祭りは、それを営む者の権威の可視化という側面を持つ。権威という眼に見えないものの形象化であり、それは人々を跪伏させる力を持っている。流鏑馬の破壊力を秘めた高度な様式美を目の当たりにした鎌倉の御家人たちは、そこに抗うすべもない権威を感じ取り将軍への忠誠心を新たにすることになる。

流鏑馬という勇壮で華麗なる神事が、源氏の氏神である鶴岡八幡宮で営まれた意義は計り知れない。この神事は武士に固有の文化と受け取られがちであるが、正しくは宮廷文化の一翼を占める弓馬の礼法を継承したものに他ならない。鎌倉武士の培った武家文化の大半は宮廷文化を武士の感性で捉えなおしたものである。中には武家的な変容をほとんど受けず、公家文化をほとんどそのまま踏襲したものがある。その代表的なものが、和歌に代表される文学や蹴鞠、管絃である。いずれも統治の権威を成り立たせる高度な教養である。それらを総合したものが鎌倉の武家文化といってよい。

したがって武家文化は宮廷の公家文化の亜種といっても過言ではない。鎌倉武士が和歌に親しむ必然性はそこにある。しかしながら武士の価値観は当然公家とは異なり、基本的には同じ文化を担いながらも公家とはおのずから軸足を異にしている。従って和歌が最も価値あるものとしてすべての武士に受け容れられたわけではない。

将軍家は二度にわたって和歌への傾倒を批判されている。批判されたのは三代将軍実朝と六代将軍宗尊親王である。両者とも将軍家として最も優れた歌人であった。

「当代は歌鞠をもって業となし、武芸廃るるに似たり。女性《にょしょう》を宗となし、勇士これ無きがごとし云々」と、実朝の歌狂いを詰ったのは長沼宗政であった。建暦三年（一二一三）九月故畠山重忠の末子で謀叛を疑われた阿闍梨重慶を捕えることを命じられながら、首をもたらし「御気色」を蒙った宗政のことばである。いうまでもなく長沼宗政の誹謗は、兵法に偏った価値観に拠るもので、為政者である将軍家に対する無理解に発するものである。

他の一例は、建長六年（一二五四）閏五月、宗尊親王の近習を前に、執権時頼は「近年武芸廃れて、他門ともに、非職才芸を好み、事に触れてすでにわが職の礼を忘れをはんぬ。云々」と叱責する、近年は武芸が廃れてみんな遊芸に流れ、武士の本業たる礼が忘れられていると苦言を呈し相撲を取らせたという出来事である。「遊芸」はこの場合主として和歌を指している。歌わぬ執権であった時頼であったが、決して和歌を忌避しているのではなく、それに偏りすぎていることを憂いているにすぎない。もっとも時頼は蹴鞠には傾倒したらしく、後に述べるように難波宗教に師事している。ともあれこのような「非職才芸」への批判は公家社会では生じようがなかったはずで、鎌倉に和歌を批判的に見る傾向のあったことは否定できない。時頼を含め歌わぬ御家人も少なくなかった。

曲がりなりにも支配者層に属する武士にとって、公家の圧倒的な文化の厚みは基本的には憧憬の的である。とりわけ貴族文化の中心軸たる和歌への崇敬は今日の想像を遥かに超えるであろう。特に勅撰集の歌人に列することは教養ある廷臣として認知されることであった。単に詠歌の才能に恵まれているだけでは問題にされず、たとえ名目だけにしても一定以上の官職を得た廷臣であることが必要であった。地位と高い教養の最も権威ある証しは勅撰集に自作が採られることである。

鎌倉の武士の和歌は、『新古今和歌集』以下の勅撰集をはじめ、『万代集』『拾遺風体抄』『臨永集』などの私撰集や私家集などに伝えられている。鎌倉時代最も多くの歌人を輩出した北条氏に限っても、鈴木宏美の詳細な調査によれば勅撰集に六五人、総歌数四三五首にのぼり、私撰集・歌合の総歌数は千首をこえる(1)。それら北条氏や他の御家人歌人と詠歌のすべてを取り上げ、全貌を解き明かすことは不可能であり、一定の視点で捉えそれなりにまとまりのある著述とするために、本書ではほとんどは勅撰集入集歌人(以下勅撰集歌人という)や入集歌に限らざるを得なかった。もとより武士たちの詠歌の特質は、私家集や私撰集の中に埋もれている可能性もあり、できる限りの目配りはしたつもりである。

鎌倉時代の一五〇年、苛烈な運命にもてあそばれながら、武家たちは和歌にどのように取り組んできたのであろうか。その事績を概観しつつ、武家たちの詠歌の意義を考察する。

引用歌は主として『新編国歌大観』に拠り、歌番号もこれに従った。ただし『万葉集』は旧国歌大観の歌番号に従った。なお、便宜に従ってひらがなを漢字に改め、場合によっては漢字をひらがなに改めた。また、『吾妻鏡』の書き下し文は『全釋吾妻鏡』（新人物往来社　二〇一一年二月）を用いた。勅撰集の表記は、例えば『新古今和歌集』を新古今集あるいは単に新古今と略称する慣用に従った。

注

（1）鈴木宏美「北条氏と和歌」（北条氏研究会編『北条時宗の時代』八木書店　二〇〇八年五月）

第一章　源家の雅

1　頼朝と歌才

初代将軍頼朝が新古今歌人であったことは一般的にはあまり知られていないが、関東の武士の中にあって頼朝は傑出した血筋と教養を備えていた。貴族の子弟として京に育った頼朝にとって詠歌は必然の教養であったと思われる。左記が新古今集に採られた二首の歌である。

（題しらず）　　前右大将頼朝

道すがら富士の煙も分かざりき晴るる間もなき空の景色に　（新古今集九七五）

前大僧正慈円、文にて思ふ程の事も申し尽し難き由、申し遣はして侍りける返事に　　前右大将頼朝

みちのくのいはでしのぶはえぞ知らぬ書き尽してよ壺の石ぶみ　（同一七八六）

頼朝は二度上洛しているので、富士の歌はその往還のいずれかの機会に詠んだ歌であろう。題詠ではなく実際の旅の歌と思われる。「みちのく」の歌は、建久元年（一一九〇）に上京した折の慈円との贈答歌の返しである。慈円は九条兼実の弟で、新古今集の代表的な歌人の一人である。兼実とは対朝廷政策の上で重要な関わりを持ったが、八歳年下にあたる慈円とも様々な

思惑あって親交を重ねたらしい。利害を超えた親しみも持っていたように思われる。あるいは年下ながら当代きってのこの高僧を導師として深く敬愛していたのかもしれない。

慈円は『愚管抄』巻第五において、壇ノ浦に沈んでしまった三種の神器の宝剣に寄せて、「今ハ色ニ現レテ、武士ノ君ノ御守リトナリタル世ニナレバ、ソレニ代ヘテ失セタルニヤト覚ユル也」と述べている。山本幸司は頼朝の精神史を検証する論の中で、頼朝に触れたこの慈円の発言を「宝剣の喪失という象徴上の王権の危機を合理化し、かつ新興武士階層の代表者としての頼朝を王権の一部に組み込む優れた説明」であると述べている。[1] 慈円の言説は、頼朝の母が熱田大宮司藤原季範女であることから、頼朝に神宮が御神体とする草薙の剣のイメージを重ね、さながらその化身であるかの如き捉え方である。そこには新たな神話の萌芽が見られる。神話はしばしば

頼朝像（安田靫彦図「黄瀬川陣」右隻　東京国立近代美術館蔵）
Photo:MOMAT/DNPartcom

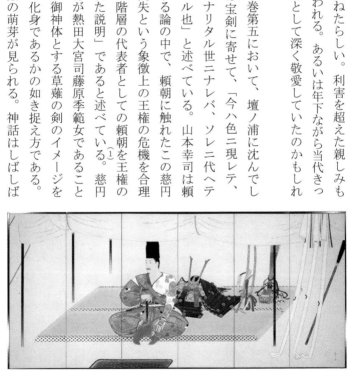

権力者のカリスマ性を醸成する。慈円の頼朝への並々ならぬ期待が込められている。

慈円から贈られた歌は「思ふことといな陸奥《みちのく》のえぞいはぬ壺のいしぶみ書き尽さねば」（慈円の家集『拾玉集』五四四五）である。思ふこと「否み」から地名の「みちのく」へ、さらに陸奥の「蝦夷《えぞ》」へ、「えぞ」（どうしても……書き尽くせない）へ結びつけ、思う事が書き尽くせませんの意を表出するという、技巧を凝らした戯れの歌である。「壺のいしぶみ」とは、坂上田村麻呂将軍が征夷の折、弓のはずでここが日本の中央と書き記したという口碑のある石をいう。

頼朝の歌は慈円歌に寄りそうように技巧を凝らす。「いはでしのぶ」に地名の岩出、信夫を掛け、言わないで思っていることは、「えぞ知らぬ」こと、知ることのできないことです。壺の石ふみではありませんが、思う事を十分に書いてください、の意である。まことに打てば響くような才知であり、頼朝の詠歌の才をいかんなく発揮している。

鎌倉武士たちの歌の大半が題詠歌である中で、頼朝や頼朝にかかわる歌が実生活に根ざした、いわゆる褻《け》の歌であることは貴重であろう。勅撰集歌人ではなかったが、梶原景季・景高兄弟も当意即妙の歌を遺している。二人の父の景時は、石橋山の合戦では頼朝の敵側として参加したが、敗北した頼朝が潜んでいる場所に気づきながら、知らぬふりをして味方を欺き頼朝の危機を救ったという。爾来、景時は頼朝に最も信頼された武将となった。

文治五年（一一八九）七月一九日、奥州藤原氏討伐軍を率いる頼朝が白河関越えの奉幣をしたとき、景時の嫡男景季が詠んだのが次の歌である。

秋風に草木の露を払はせて君が越ゆれば関守もなし　（『吾妻鏡』文治五年七月二九日）

「関守」は敵泰衡の防衛線をいう。

また討伐軍がいよいよ平泉に近づいた八月二一日、泰衡軍に裏切りが続出する中で、景時の次男景高が次のような歌を献じている。

陸奥の勢は御方に津久毛《つくも》橋渡して懸けん泰衡が頸　（同　文治五年八月二一日）

御方（味方）に着く、に津久毛橋を掛け、渡しの縁としたところに機智があるが、この歌の特質は敵将の梟首を歌っていることである。和歌は御世の栄えを言讃《ことほ》ぐことを本質とすることから原則として不吉・不浄を拒んできた。同じ生の暗部に触れるにしても不遇をかこち無常を嘆く述懐歌あたりが限界である。武術とはつまるところ殺人の技であり、首を挙げることに殺生の罪の観念や触穢の禁忌を遥かに突き抜けた価値観を持つことのできるのが武士に他ならない。陰惨な殺を晴朗な気風に転じる武士の感性とはこのようなものかもしれない。

景高といえば、一の谷決戦において先陣を切って敵陣に突入した際、景時に後続の進度を無視しての突入には恩賞なしとたしなめられるが、「もののふのとりつたへたる梓弓ひきては人の帰るものかは」と歌って父の忠告を無視、止むなく景時も配下と共に後を追って攻め入り、結果的に戦いを勝利に導くことになったという（『平家物語』『源平盛衰記』）。歌は一度放たれた矢は帰ることはない、の意で、弓矢にかこつけて「引き」を否定したもの。緊迫した先陣の場面での詠歌は考えにくく、おそらくは伝説であろうが、そのような雅を身に着けていることが武士の理想像であった。果敢な戦闘力という武人の誉れをより高度に磨き上げたのが雅であり、それは武士の本性たる穢れの浄化でもあった。

まちゐたる人のなさけもすはやりのわりなく見ゆる心ざしかな

（同　建久元年一〇月一三日）

右の歌は、建久元年（一一九〇）一〇月、初めての上洛の途中、菊川で頼朝を迎えた佐々木盛綱が、鮭の楚割《すはやり》を折敷に載せて献じたのに、頼朝が折敷に歌を記して謝意を表した作である。私を迎えたあなたの心は、なんとまあ甚だしいことだと思われる、の意で、「すはやり」に、なんと！　というおどろきの詞「すはや」が掛けられている。「すはやり」（楚割）とは鮭を細く刻んだもの。このたくみな機転は上の「みちのく」の歌に通じている。なお、五日後の橋本駅では訪れてきた多くの遊女に何を贈るべきかをテーマに景時と軽妙な連歌を交わしている。

橋本の君には何かわたすべき　　頼朝
ただそまかはのくれてすぎばや　　平景時
（同　建久元年一〇月一八日）

頼朝の問いかけに対して、景時は、そまかは（杣皮—丸太）をくれて（「榑《くれ》」と「呉れ」を掛ける）すぎばや（「過ぎ」と「杉」を掛ける）と応じている。(2) この景時の付け句は、『増鏡』では「ただ杣山のくれであらばや」となっており、『菟玖波集』も同様である。これだと「くれ」に「榑」を掛けることは同じで、「ただ何もあたえずにおきたいものです(3)」となる。景時の軽妙洒脱な詠風が遺憾なく発揮された応酬である。『増鏡』によれば、馬の鞍や紺のくくり染めの布などを引き出物にして遊女たちを喜ばせたという。

その景時は、建久六年（一一九五）四月二七日、頼朝が住吉社に神馬を献じた際、遣いに立って次のような歌を釣殿の柱に書き付けている。

我が君の手向けの駒を引き連れて行末遠きしるしあらはせ
（同　建久六年四月二七日）

歌を通して肝胆相照らす主従の関係は、後の将軍家にも見られるが、寵臣ともいうべき景時のその後の運命はあまりにも苛烈であった。周知のように頼朝没後、景時は御家人たちから専横を憎まれ、所領の相模国一宮の在所に引退させられ、再起をかけて上京の途上、駿河の清見が関で一族郎党ことごとく討ち取られてしまった。嫡子の景季、泰衡の首を歌った次男景高、そして三男景茂らと共に壮絶なる最期を遂げている。この悲劇は、鎌倉の有力御家人たちのその後の命運を暗示する。

景時が義経を讒言して亡ぼした張本人として、後世の評価が芳しくないのは判官びいきの影響であろう。実際には景時は堅実で沈着冷静な、やや保守的な武将でありながら、洒脱なセンスに恵まれた人であったらしい。

勅撰集歌人ではなかったが、『吾妻鏡』以外に、ただ一首ながら、次の歌が伝えられている。

関路千鳥

清見がた関の戸たたく浦風に明け方かけて千鳥なくなり　（拾遺風体和歌集一七二）

『拾遺風体和歌集』は冷泉為相撰とされている私撰集である。彼が非業の最期を遂げた清見潟の歌を遺していることは偶然とはいえ感銘深い。

幕府草創期の頼朝の時代は、未だ和歌が御家人たちの必須の教養とはなっていなかったと思われるが、幕府の成立によって、将軍家以下御家人たちと京の廷臣との関係が深まらざるを得ず、政治的駆け引きに精通した公家との交渉などにはそれなりの知識や技量が不可欠となってきた。弓矢を筆に替えなければ関東政権は立ち行かない。そのような時代の到来は必然的に鎌倉に文化的な儀礼や行事を定着させることになる。しかし頼朝の時代には、公的記録には和歌会のような雅な行事は乏しい。

幕府成立前夜の頃であるが、『吾妻鏡』寿永三年(一一八四)四月八日、頼朝が御亭の桜開敷艶色を愛で、大宮亮能保を招請している。「桜開敷艶色」はいかにも詩歌の題に相応しい措辞で、一条能保を招いての宴であるからおそらく和歌や詩が詠まれたと思われる。能保は頼朝の同母妹を妻としている公家で、京における頼朝の最も重要な人脈の一人である。なお、後の五代将軍頼経はこの頼朝妹のひ孫にあたる。

頼朝墓

頼朝は自身が優れた歌人であり、景時のような配下に恵まれながら、和歌の催しを公的な行事に仕立てることはなかったようだが、頼朝が和歌や蹴鞠などの公家の文化を重んじたことは、飛鳥井雅経を厚遇したことに示されている。雅経の父頼経が義経と親交があったことから配流され、雅経も連座して鎌倉に護送されたが、頼朝は罪を問うどころか和歌と蹴鞠の才能を深く愛でて猶子として迎え、政所別当大江広元の娘を娶わせるなど厚遇した。頼家・実朝はこの雅経の薫陶を受け、頼家は主として蹴鞠に、実朝は和歌にも傾倒していった。また雅経の兄、難波宗長も同様な経緯から鎌倉における蹴鞠普及に尽くした。宗長は実朝が非業の最期を遂げた現場に列席した京くだり廷臣の一人であった。また子息の宗教も宝治二年（一二四八）執権時頼を門弟となし、鞠や蹴鞠の秘書を献じている。雅経の飛鳥井流と宗長の難波流は後に蹴鞠の二大流派となったが、鎌倉における蹴鞠の師範は両人にとどまらなかった。京下りの公家の多くは歌鞠に長じた教養人であった。雅経は建久八年（一一九七）都に召喚され、後鳥羽院の近臣としてその才能を開花させて、院から「蹴鞠長者」の称号を得、飛鳥井流蹴鞠の祖となり、一方和歌所の寄人となって、定家らと新古今集を撰進するに至る。都へ帰還した後もしばしば鎌倉に下り、鎌倉歌壇の形成に尽力した。

幕府には大江広元以下の関東祗候《しこう》の公家が実務官僚として行政を担っていた。公家文化は彼らの日常を通じても鎌倉に浸透していったに違いない。公家文化の摂取は頼朝以下将軍家に一貫した姿勢であった。おそらくは広元以下の廷臣たちは御家人を交えての社交の場で蹴鞠や和歌を楽しんだと考えられる。

2 頼家と蹴鞠

おのれの血脈に対する頼朝の眼は猜疑に満ちていた。兄弟の義経・範頼、叔父の行家を亡ぼし、あまつさえ娘大姫の許嫁であった幼い木曽義高まで誅殺してしまった。本来は嫡男頼家を盛り立てる藩屏として、頼家の周囲を固めるべき立場の源氏の人材を失ったことで、頼家は未だ幕府草創期の殺伐たる気風を帯びている御家人たちの中に、孤立を余儀なくされることになる。生まれながらの「鎌倉殿」である頼家は弱冠一八歳の若者にすぎない。たちまち政務は行き詰まり、有力御家人一三氏による合議制にとって代わられる。この合議制による将軍親政の剝奪は頼家の未熟さに起因するという見方が一般的であるが、御家人たちが頼朝の専制的な政治とは違ったビジョンを抱き始めたことに基本的な動機を認める説がある(4)。頼家を狂気に走らせたのは御家

頼家像（「源頼家公像」建仁寺蔵）
建仁寺の開基は頼家、開山は栄西禅師。

人たちへの抵抗であろう。以後将軍職の時代を含めて、頼家の人生は有力御家人との抗争に明け暮れたと言っても過言ではない。

将軍職に就いた翌年の建仁三年（一二〇三）七月には不運にも病を得、八月になっても病状は重く遂に関東二十八国の地頭職、総守護職を子息の一幡に、関西卅八国の地頭職を弟の千幡（実朝）に譲渡させせられることになった。頼家の不運はさらに続く。翌九月には頼家の乳母の一族比企氏が北条時政に亡ぼされ、一子一幡まで殺されている。政子は頼家を出家させるが、幕府は生きながらに頼家の薨去を朝廷に奏している。やがて頼家は修善寺に幽閉され、暗殺されるに至る。

頼家の一生は、いかにも若者らしい拙劣極まりない抵抗の連続であった。頼朝の血の冷たさのもたらした悲劇というべきだろう。将軍在位はわずか一年余り、享年は満二一歳であった。

その頼家が最も傾倒したのは蹴鞠である。蹴鞠は幕府に公的行事の一環として受け入れられ、上に挙

一幡の袖塚（鎌倉妙本寺）

げた飛鳥井雅経などを師に仰いで鎌倉の地に定着した公家文化の代表である。正治二年（一二〇〇）六月一六日、大江広元は京の蹴鞠者を新造した自邸に集め、頼家を招いて勧盃管絃と蹴鞠を催し、翌建仁元年（一二〇一）九月九日には、後鳥羽院より頼家の蹴鞠師範として遣わされた紀行景《きのゆきなが》を将軍御所に案内している。この蹴鞠師の関東下向の駅路雑事は広元の沙汰であった。

建仁二年（一二〇二）正月一三日には営中蹴鞠始の儀が営まれ、同日、頼家は三善康清宅に出かけて蹴鞠を楽しんでいる。三善康清は実務に長じた頼朝の側近であった。同月二一日には中原親能の亀が谷亭で蹴鞠。親能は後白河に仕えたこともあって、都の事情に精通しており、頼朝配下の優れた外交官とでもいうべき立場で腕を振るった能吏である。蹴鞠の名手でもあったらしく、頼家の亀が谷亭通いは『吾妻鏡』同年五月の条にも記されている。同書によれば、頼家が将軍となった建仁二年（従二位征夷大将軍任命は七月二三日）の行事は寺社関係を除けばほとんど蹴鞠といっても過言ではない。武芸に秀でたと言われる頼家の弓馬の行事が、建仁二年一〇月一日の由比ヶ浜での笠懸のみであるのは、記録の漏れを考慮しても乏しすぎる。蹴鞠に没頭するあまり「わが職の礼」たる武芸を怠ったと言われている。

頼家の時代、少なくとも鎌倉御所主催の公的な和歌の行事はなかったとみられる。蹴鞠だけではなく、和歌も雅経以下幕府に仕える公家の手ほどきは受けたはずであるが、頼家の興味を繋ぎとめることはなかった。

3　和歌と蹴鞠

次の将軍実朝も頼家に勝るとも劣らぬ蹴鞠を愛好した将軍であり、建暦二年（一二一二）三月一日には、「旬の御毬」を発案し、北条時房に奉行させるほどの力の入れようであった。実朝の歌鞠への傾注は、単なる公家文化を範としたのではなく、公家政権の政治・文化に君臨する後鳥羽院に範を求めたものと言われている。(5) 武家政権の首長たる将軍の対極に屹立する後鳥羽院は、実朝にとっては光輝く星であり続けた。実朝の歌鞠への思い入れの強さに底流していたのが、若者らしい院への敬慕の想いであったことは否定できない。

武芸に対立する公家文化、「非職才芸」は歌鞠に代表されるのだが、考えてみると長沼宗政はなぜ和歌と漢詩すなわち詩歌でもなく、あるいは詩歌・管絃ではなく、和歌と蹴鞠の二つを詰ったのだろうか。和歌とは畢竟言葉を卅一文字に整える業であり、それ以上でもそれ以下でもないともいえよう。とすれば蹴鞠との間に毫も共通性はないようにみえる。しかし日常生活に根差した褻《け》の歌はともかく、主流の晴《はれ》の歌の場合は、儀式的な作法や仕来りが不可欠である。歌合、歌会を支配する理念は基本的には蹴鞠に共通する。蹴鞠から和歌を透かし視ると、鎌倉の御家人たちの様々な思惑が見えてくるように思う。

蹴鞠は鹿革の鞠を一定の高さに蹴り上げ次々に受け渡していく、その数を競う遊戯である。四隅を、桜、柳、楓、松で囲まれたおよそ三間から七間半四方の鞠垣の中で、一チーム四人、または六人あるいは八人で鞠を蹴り渡すが、渡された鞠を二度蹴り上げ、三度目に蹴り渡す。鞠を落とすことなくどこまで続けるかを競う。身分によって鞠垣への入り方や作法に違いがあり、進行の仕方にも規則が定められている。基本的には勝敗を競う遊戯であるが、勝敗よりも優美な振舞に価値が置かれた。平安後期に蹴鞠の名手であった藤原成通の『成通卿口伝日記』は蹴鞠の極意を記している。例えば、「心をゆるに思ふべからず。心の中に躰をせめよ。あらはにせめつれば。こはくみえてたはやかならず」(引用は『群書類従』)など、精神面の鍛錬がおのずから形に表れることを説き、雅経の『蹴鞠略記』にも「躰頗る冷然。気色有る事。又惟甚だ有りて悪し。無くして悪し」(引用は同じく『群書類従』)と記す。所作が凛として風情がある事が望ましいが、行き過ぎは悪く、「気色」のないのもよくない、という意であろう。ともに自然体を理想としている。蹴鞠を貫いているのは美意識に徹することであったらしい。

娯楽性の強い遊戯であるが、基本的には芸能・学問の神である精大明神を祀る神事である。飛鳥時代にすでに行われていたが、平安時代に次第に栄え、平安から中世にかけては蹴鞠の家藤原(難波)宗長を祖とする難波流の難波家、および宗長の弟藤原(飛鳥井)雅経を祖とする飛鳥井流の飛鳥井家、そして藤原(御子左)為家を祖とする御子左流の御子左家などがその技を伝えていった。難波流の宗長は新続古今集に一首採られただけの歌人であったが、雅経は関東、京双方の歌壇の有力歌人であり、御子左家は歌道家の代表である。

鎌倉の雅経には歌鞠一体の観念があったのではなかろうか。晴《はれ》の和歌、とりわけ歌合は単に詠歌や評価の場ではなく、それを核とした儀礼であり、神聖なる行事である。根にあるのは和歌の神へ奉納する神事である。和歌の重要な行事である人麻呂影供は歌神人麻呂に奉納される神事であるが、他の和歌の行事も本質的には神祇に関わる行事である。歌合に用いられる州浜という贅を尽くした飾り物は神の憑代が起源であろう。蹴鞠の四辺の樹木もまた神の憑代たる神木である。

歌合は左右に方分けした歌人の歌を一首ずつ合わせ、勝ち負け（あるいは持）の判定をする批評会の性格を持つ。左右の方人がそれぞれ歌人を出し（方人が歌人のみの場合もある）。時に自陣の歌を弁護する念人を立てる場合がある。

桜下蹴鞠図（根津美術館蔵）

勝敗の目印を置く数刺など、さまざまな役割があるが、先ずは講師が歌を吟詠して披露し（講師に歌を渡す読師を置くこともある）、講師が披露した左右の歌を、和歌の第一人者の判者が判定を下す（衆議判の場合もある）。

一〇番程度の短いものから、著名な『六百番歌合』『千五百番歌合』などの長大なものまで行われた。勝は歌人個人の名誉であることはいうまでもないが、勝の総計でまさる方を、負け方が饗応するのが仕来りである。和歌会においても歌合と同じく、詠歌を記載する方法からその取扱いを始めとして、服飾や進行の仕方など細かな規則があり、高度に儀式化されている様は定家の『和歌会次第』（和歌秘抄）の記す如くである。

娯楽性を持った屋内行事の代表が和歌の行事であるとすれば、蹴鞠は屋外の雅な行事であった。この双方に亘る鎌倉の指導者の代表が飛鳥井雅経である。雅経は建久八年（一一九七）帰洛後も鎌倉を訪れ歌鞠の指導に当ったが、その流れは雅経の子の教定へと伝えられ、さらに教定が北条実時の娘との間に儲けた雅有も、父と同様和歌・蹴鞠の指導者として特に六代将軍宗尊親王に重んじられた。

歌会は歌合のような優劣はつけないが、歌合と同じく一定の歌題のもとに歌を詠みあい、歌合と同じくそれらの総合された雅の世界の創造を目指した。晴《はれ》の歌を詠むとは基本的には右のような和歌の行事に参加することであり、他の歌人たちと手を取り合って新たな表現世界を創造することに他ならない。

　ただ付言すべきは、歌を机上のすさびで完結させることも可能で、時代と共にそうした手法が広がったことである。定数歌や自歌合などがそれである。和歌の行事に身を置くという精神の構えを採りつつ十首・三十首・百首と題詠を連ねる歌い方が定数歌で、自作を番えて歌合の体裁をとるのが自歌合である。歌を詠むとは、褻《け》の歌を除けば、基本的には和歌の行事に現実的に、あるいは仮想でも参加することである。武士が歌を詠む場合も例外ではない。歌鞠が批判の対象になったのは、ともに先ずは儀礼という可視的な時空の規制を受け、参加者の価値観が露わになるからであろう。おそらく歌鞠の時空の増大は相対的に「わが職の礼」との調和を乱すとする御家人も少なくなかったと思われる。

4　実朝の歌学び

　実朝というこの若き三代将軍に関して『吾妻鏡』は多くの和歌にかかわる事績を留めている。本節ではそのうちの重要な記事を辿りつつ実朝の事績を概観することにしたい。

　実朝にとって画期的な出来事は、元久二年（一二〇五）九月二日、都で定家に師事していた内藤朝親が新古今集の写本をもたらしたことである。編集作業はまだ続いてゆくが、一通り成立を見たばかりの勅撰集である。父頼朝の歌が採られているこの勅撰集を手にした実朝の感激はいかほどのものだったか、当代きっての、というより長い和歌史の頂点を極めた詞華集を手にしたのは、わずか一四歳の少年であった。

　新古今風の圧倒的な美の質量を受け止めるには若すぎるが、それに押し潰されることなく実朝は和歌に没頭した。翌元久三年（一二〇六）二月四日には、雪見のために名越の義時の山荘へ出向き和歌会を開いている。主の義時、東《とうの》重胤《しげたね》、朝親などが列席している。朝親は内藤知親かと思われるが、側近の一人で、源親綱男の朝親とも言われる。

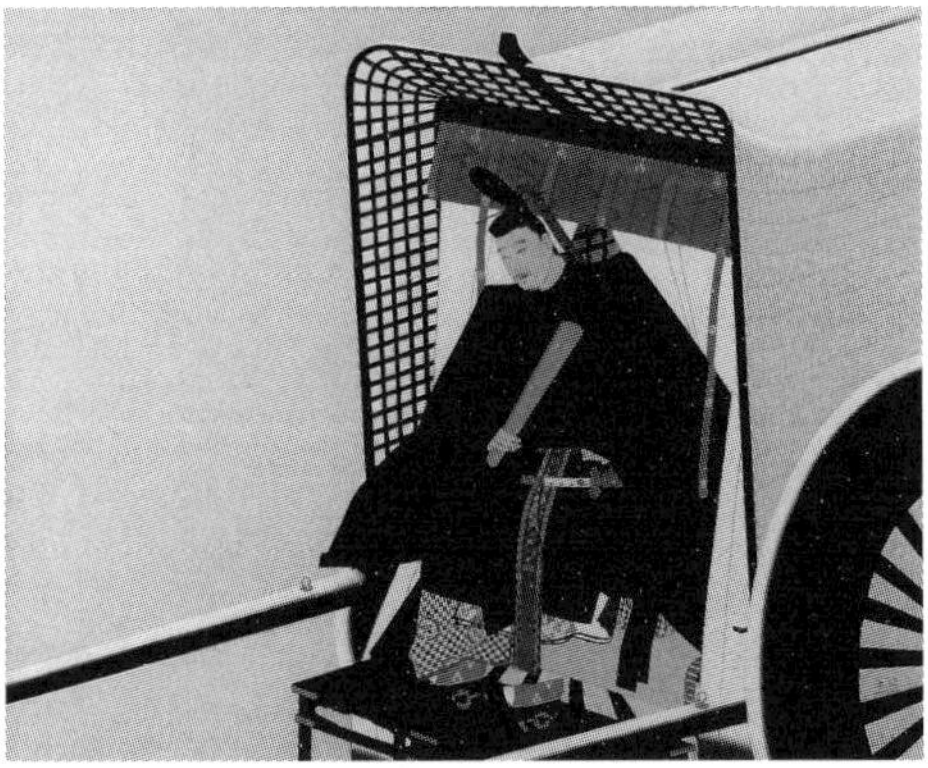

実朝像
（松岡映丘画「右大臣実朝」日本芸術院会館蔵）
文化庁許可済

　将軍実朝と執権義時体制が確立するに先立って、時政と妻の牧の方が平賀朝雅を将軍に擁立することを謀り、実朝の殺害を企て、政子・義時と対立。政子・義時が実朝を時政邸から救出して、時政を伊豆に退去させるという、北条家内部の主導権争いがあった。政子・義時の庇護によって実朝からは頼家に襲いかかってきた危機の陰が振り払われているようにみえる。後の『金槐和歌集』（以下、金槐集と略称）の清新な抒情を通して実朝を見ているからであろうか。ともあれ実朝の心を揺さぶるものは和歌しかなかった。

義時の歌は伝わらないが、彼が歌会などで和歌を詠じなかったとは考えられない。御家人が将軍家と付き合ってゆくには、将軍家が庶幾するものを学ばなければならない。将軍家の高い教養は、側近の若き武士のみならず御家人たちの弓矢を筆に替える力があった。

翌建永二年（一二〇七）七月五日、実朝「御夢想」により二〇首の詠歌を得て、住吉大社に内藤知親をして奉納させた。ついでに建永元年、初学以降の詠歌卅首を選び合点（佳作の上に「へ」のようなしるしを施すこと）を施すことを定家に依頼する。実朝が習作を脱して初学期に入ったのが前年である。

ひと月余り経った八月一三日、知親は定家の合点と詠歌口伝一巻を持ち帰り実朝に献じた。「詠歌口伝」とは、初学の手引書ながら、定家の優れた歌学書『近代秀歌』として伝わっている。この出来事は定家が実朝を弟子として認めたことを表しており、当代の和歌の第一人者に認められたことは、実朝の声価を不動のものにする。もとよりかねて関東に心を寄せる定家にとって、時の将軍を門弟にすることは歌道家のこの上ない誉れでもあった。

定家に将軍家への阿諛が皆無であったなどと言うつもりはない。定家が実朝の優れた資質を見いだし、それを深く愛したことは『近代秀歌』の行間からにじみ出ているように思われる。

承元四年（一二一〇）五月六日、実朝は大江広元家に渡御、歌以下の御興宴あり。その時広元は三代集を献上している。政所別当という幕府の重責を担う大江広元は勅撰集以下の撰集にも歌を遺さなかったのが不思議なほどの教養人であるが、三代集を所持していたのはさすがである。京在住の公家でも三代集の借覧は容易ではなかったと思われる。歌人にとって三代集は聖典に等しい。歌学びの原典ともいえる文献で、実朝にとっても詠歌のかけがえのない源泉である。

翌建暦元年（一二一一）一〇月一三日、「鴨長明、飛鳥井雅経の推挙により度々実朝に謁す」とある。長明は六〇近い翁、孫のような実朝との会話の主題はやはり和歌であったと思われる。少なくとも実朝は新古今集に入集した一〇首に余る長明の詠歌を知っていた。当然『方丈記』も話題に上ったことであろう。長明の新古今歌の多くは秋の歌でしみじみとした無常観が詠み込まれている。

時も秋の名残が感じられる冬の初め、この日、実朝は法華堂にて念誦読経を修し、和歌一首を堂の柱に記している。

草も木も靡きし秋の霜消えて空しき苔を払ふ山風

非凡な作風である。法華堂は周知のように頼朝の持仏堂である。

風雅への憧憬を抱きつつ実朝は和歌を通して臣下と絆を結んでいく。建暦二年（一二一二）二月一日、実朝は、和田朝盛を使者として梅一枝を塩屋朝業（信生法師）に「たれにかみせん」とのみ言わせて名は伏せて届けさせた。朝業は追って一首を奉っている。送り主が実朝であることあることをいち早く察したのである。誰に見せるべきか、そなた以外にはない、とは家来に寄せる殺し文句である。

うれしさも匂ひも袖に余りけりわがためをれる梅の初花　（玉葉集一八五五）

朝業は実朝よりひとまわり年上であったが、和歌を通じて深い友情で結ばれていた。実朝逝去後に出家、兄蓮生と共にいわゆる宇都宮歌壇を形成した。

建暦二年（一二一二）九月二日にも源頼時が京より下向した折、定家は消息や和歌の文書を実朝に伝えている。さらに翌建暦三年八月一七日、定家は雅経に付して和歌の文書を実朝に献じている。実朝の「仰せ」によるという。大江広元の宿所に届けられたこの歌書が、御所に献上されると実朝は「御入興のほか他なし」であったという。同年一一月二三日には、実朝の求めに応じて「相伝の私本『万葉集』一部」を献上している。この年、実朝の家集『金槐和歌集』（以下金槐集と略称）が成立したと言われている。「金」は鎌倉を表し、「槐」は槐門（大臣の唐名）

である。定家所伝本と貞享本の二系統が伝わる。前者は六六三首、後者は七一九首所収。定家本は自選かとも言われるが、確証はない。いずれにしろ歴史に残る珠玉の家集である。

金槐集が成立した年の建暦三年（一二一三）三月二八日には、以下のような興味深い趣向が行われている。それは藤原長定が三代集の女房の歌を撰び、絵に描いて実朝に献じたことである。「将軍家甚だ御入興」とあるが、藤原長定は絵画にも長じていたらしい。後に六代将軍の宗尊親王が、『源氏物語』の場面を色紙に描かせて楽しんだが、この三代集の女房絵はそれに類似する趣向である。藤原長定は飛鳥井雅経の弟の経長の男、公家の出でありながら、同年五月の和田の乱に功を挙げたという異色の臣である。

実朝の周りにはいきおい和歌に堪能な武士たちが膝を寄せる。建暦三年（一二一三）九月二二日、実朝は火取沢に遊び草花秋興を観る。供奉したのは泰時・時房・長定・三浦義村・結城朝光・内藤知親等、「皆歌道に携はるの輩」である。時房は執権義時の弟で、後に承久の乱後初代の六波羅探題となったが、新執権の泰時に乞われて鎌倉に下向、連署を勤め新執権を補佐した。両人は承久の乱における大将軍を勤めた仲である。時房は歌鞠に通じた風流人であり、京の公家社会に精通した、執権にとって頼りになる存在であった。

結城朝光は藤原氏秀郷流。頼朝の乳母子で烏帽子子、儀式などでしばしば御剣捧持役を勤めた。三浦義村は頼朝挙兵以来の重臣であるが、向背測りがたき一面があり、和田義盛を裏切って滅亡に追いやり、公暁による実朝暗殺は義村の陰謀かと言われている。公暁の乳母が義村の妻であり、子息の駒若丸が公暁の門弟であるなど、義村との縁が深く、義時と実朝を一挙に葬ろうとしたが、義時を打ち漏らしたことにより、公暁を血祭りに上げたという顚末には一定の説得力がある。実朝暗殺事件は『愚管抄』『吾妻鏡』『承久記』『六代勝事記』などに伝えられるが、伝承にかなりの違いがあって、実態は明確ではない。特に『吾妻鏡』は実朝がおのれの運命を前もって悟っていたかのように描き、その悲劇性をことさら盛り上げているふしがある。ともあれ義村は実朝時代の代表的な武家歌人であった。

六人の歌人の内、唯一人勅撰集以下に歌を遺した泰時は、最初の武家法典である御成敗式目の制定などに見られるように優れた政治力に恵まれたばかりでなく、謙虚で懐の深い人格であったらしく、『沙石集』などに好意的な逸話が伝えられている。

上に述べたように、建保元年（一二一三）一一月二三日、領地の地頭の非法行為停止処置に対する礼として、定家から実朝へ献上品として、相伝の『万葉集』が大江広元邸に届けられた。広元が将軍御所に届けたところ、実朝の「御賞玩は他なく」、「重宝何者かこれに過ぎん」と絶賛したという。万葉の古歌は実朝の詠歌に少なからぬ影を投じている。

建保二年（一二一四）二月一〇日、後鳥羽院の近臣坊門忠信の使者が、京より蹴鞠の書一巻を献じた。忠信は前年一二月に紫革の韤《したうず》を聴《ゆる》された蹴鞠の達人である。上に触れた藤原宗長も同じく紫革の韈を聴されたという。『吾妻鏡』は「将軍家諸道を賞玩したまふ中に、殊に御意に叶ふは歌鞠の両道なり」と記す。同年八月二九日、仙洞における「秋十首」の歌合を雅経が書写して進上する。実朝は殊にこれを賞玩したという。この後鳥羽院主催の歌合には定家とともに雅経も参加している。翌年の七月六日に、去る六月二日に開催された仙洞歌合（衆議判）を坊門忠信が進上している。後鳥羽院の「内々の勅定」によるという。前年の雅経の場合も院の暗黙の了解あってのことであろう。院政下に関東を取りこもうともくろむ院と幕府とは抜き差しならぬ対立をはらんでいくが、後鳥羽院は歌人実朝の才能を愛し、さりげなく手を差し伸べていたのである。

5　御所の和歌会

右は実朝の歌学びの要となった事績であるが、行事と参加歌人を挙げておこう。

承元四年（一二一〇）九月一三日　幕府にて和歌会
源親広・源親行・内藤知親

同年　一一月二一日　幕府南面にて和歌会
東重胤・和田朝盛

建暦三年（一二一三）　二月一日　幕府にて和歌会　題、梅花万春
時房・泰時・伊賀光宗・和田朝盛
同年　四月一五日　朗月に対して南面にて和歌会
朝盛秀逸を献じる。退出して帰宅せずして浄蓮房の草
庵にて出家
同年　七月七日　御所にて歌会
義時・泰時・重胤
建保六年（一二一八）　九月一三日　御所ご参加者にて和歌会
一条信能・泰時以下七八ばかりの輩

右のような御所での公的儀礼としての和歌会はともかく、私的な催しの多くは記録に漏れたと思われる。参加者も主要な歌人のみである。源親広は大江広元の男、源通親の猶子となって源姓を名乗る。また義時の女婿であり、北条氏からも重んじられ、実朝から寺社奉行として重用されたが、承久の乱では後鳥羽院に招聘されて戦い、敗れて出羽の寒河荘に逃れるという波乱の生涯を送る。なお、妻の竹殿（義時女）は離縁され、通親の男、土御門定通の側室となり、定通の甥に当る後嵯峨天皇の即位と深く関わることになったという。

源親行は父の光行の『源氏物語』研究を継承し、父と共にいわゆる『河内本源氏物語』を完成させた。実朝、頼経、宗尊親王の三代の将軍に仕え、和歌の行事を取り仕切った。なお、父の光行は、実朝の和歌の指導者の一人でもあった。元久元年（一二〇四）七月、唐の李瀚著の『蒙求』を翻訳し、それを整理して、四季・恋以下雑まで一四部に分け、それぞれに一首を添えた『蒙求和歌』を撰した。その特異な歌集を、前年将軍になったばかりの実朝に献じたと考えられている。この歌集は今日まで伝えられている。

東重胤《とうのしげたね》は実朝の「無双の近仕」で、格別に信頼された歌人である。この主従には親しさゆえに派生する衝突もあった。建永元年（一二〇六）一一月、在所の下総にいとまを貰って下向するも、期限が過ぎても参上しない。歌を贈って召喚したが遅参して、遂に実朝の不興を買ってしまった。重胤は執権義時に泣きついて取り成しを懇願する。義時が重胤に歌を詠ませ、将軍の披見に供したところ、実朝は詠吟三度に及び、重胤を召し出して、辺土の冬気、枯野の眺望などを親しく訪ねたというエピソードを遺している。義時の下僚の御家人に対する心配りも印象に残る逸話である。重胤の男胤行（素暹《そせん》）もまた「無双の近仕」で、「父に相並びて夙夜君に在り」といわれるが、建保六年（一二一八）一一月、同じように領地から久しく帰参しなかったため、実朝が催促の歌を贈っている。胤行は実朝、頼経、頼嗣、宗尊親王と四代の将軍に仕えるが、病んで臨終近い胤行（出家して素暹と号していた）と宗尊親王との間に哀切極まる贈答歌を交わしている（新後撰集一五一六〜七）。

和田朝盛も実朝お気に入りの近習、義盛の孫、常盛の男。和田の合戦の折、板挟みとなった朝盛は出家して京を目指すが、弓の名手であったため、呼び戻されて戦った。一族はほぼ全滅するも生き延びた。承久の乱では後鳥羽院側に付き、やがて捕えられるという数奇な運命をたどった。

伊賀光宗は、頼朝の信任篤い朝光の男、侍所所司、政所執事を歴任したが、義時逝去の折、一条実雅を将軍に、政村を執権とする陰謀を企てるも発覚、いわゆる伊賀氏の変を起こして配流となるが、後に赦されて帰参し、評定衆となった。

頼家の時代（といっても将軍就任以前を含めても五年足らずだが）一度も行わなかった公的な和歌の行事が、実朝の時代になって俄然多くなる。都への憧れが、雅な歌鞠に強く結びついた将軍なればこそ、近習はいうまでもなく、御家人たちの間に同じ教養を身に着けようという空気が醸成されてゆく。和歌と蹴鞠に傑出した飛鳥井雅経や古典の碩学である源光行・親行父子などの公家たちの指導が、ようやく鎌倉に歌鞠を中心とした宮廷文化を根付かせたと考えられる。

それにしても実朝を取り巻く若き近習たちのその後の運命は波乱に富んでいた。覇権をめぐっての闘争や謀叛などに翻弄されつつ明暗を分けていくが、結果はともかくおのれの判断や行為によって歴史を動かす可能性を持った激動の時代である。その中で最も苛烈な悲劇に遭遇したのは実朝自身であった。

繊細な感性に恵まれ、その才能を遺憾なく発揮した実朝ではあるが、将軍家としは脆弱な印象があり、その権力は北条氏に握られていたと見られてきた。しかし近年、将軍実朝は長ずるに従って、将軍親政の度合いを高めていったことが論じられるようになった。それを象徴する事件は大船の建造ではないかと思われる。

建保四年（一二一六）六月、東大寺の大仏再建を担った宋の技術者陳和卿《ちんなけい》が鎌倉に下り、実朝に謁見した際、実朝の前世が医王山の長老であることを言上する。実朝も数年前同様なことを夢に知ったと述べる。その年の十一月、実朝は中国式の巨大な船の建造を命じた。大江広元や北条義時らが強く諫めたが、実朝は頑として撥ねつけた。前世の誰かの命を受け継ぐという思想や夢が神のお告げという観念は、当時根強かったと思われるが、それにしても大船の建造は理解を超える。それに将軍家が鎌倉を長期に亘って留守にできるとは実朝も考えなかったであろう。建保六年（一二一八）政子が、実朝に子のないことから、次期将軍には親王を立てるべく、その可能性を探りに上京したことがあった。この親王将軍の発案は実朝自身であろうとする説がある。つまりは親王を将軍に迎え、自身は前《さき》の将軍として親王を補佐し、自由な立場から政権を発揮しようという思惑を抱いたというのである。(6)

そうした見通しがなければ大船建造はできないように思う。対宋貿易や国内各地との物資の運脚という新たな事業への参入という構想である。実朝の心の内は窺いようもないが、そうとでも考えないと大船建造は理解できない。事情はともあれ、将軍家がいったん下した決断には誰も逆らえなかったのである。それにしても五〇〇人に曳かせても船が動かなかったというのも不審である。専門の船大工がそんなミスを犯すとは考えられないからである。曳けば砂にめり込むような細工がひそかになされたのではなかろうか。いずれにしろ、膨大な費用を費やして、砂浜に巨船を朽ちるに任せてしまったのは、将軍家の失政である。にも拘わらず実朝の権力が削がれたような気配はない。

6　実朝評価

将軍家実朝はともかく歌人実朝はどのように評価すべきであろうか。実朝評価の最初は師の定家であった。定家は新勅撰集に実朝歌を二五首入集させている。四三首の実隆を筆頭に良経、俊成、慈円に次ぐ二五首の入集で、道家に並び、雅経、実氏そして撰者の定家を越えている。「京極殿（定家―筆者注）の上足の門弟は、鎌倉右大臣家、常盤井入道殿なり。右府の御歌は、代々の集にみゆる様、ただふるめかしく大なる一体なり。常盤井殿（西園寺実氏―筆者注）の御歌、大にただしくみえたり」と頓阿撰『井蛙抄』（引用は『日本歌学大系』風間書房を用いた）が述べるように、実朝が定家の高弟の筆頭であることは、衆目の一致するところであろうが、

家の、

「ふるめかしく大なる一体なり」とは、どのようなことなのか、「ふるめかしく」はおそらく定

ことばゝふるきをしたひ、心はあたらしきを求め、およばぬたかき姿をねがひて、寛平以往の歌にならはゞ、おのづからよろしきこともなど侍らざらむ　（『近代秀歌』自筆本）

にかかわった評言であろう（引用は『日本歌学大系』風間書房を用いた）。「大なる一体」は漠然としすぎているが、余情妖艶なる美を横溢させた新古今集に対して、新勅撰集の特色とされる平淡にして端正な詠風に関わっているように思う。新勅撰集に採られたいくつかの実朝歌を採りあげ、定家の評価を見てみよう。

題しらず

たまもかるゐでのしがらみ春かけて咲くや河瀬の山吹の花

（新勅撰集一二八・金槐集一一五）

家に秋の歌よませ侍りけるに

道の辺の小野の夕霧たちかへり見てこそゆかめ秋萩の花

（同二三六・同二〇九）

月前菊といへる心をよみ侍りける
ぬれてをる袖の月かげふけにけり籬の菊の花のうへの露　(同三一六・同二九二)
(秋歌)
わたのはらやへのしほぢに飛ぶ雁のつばさの波に秋風ぞふく　(同三一九・同二二五)
(冬歌)
山たかみ明けはなれゆく横雲のたえまに見ゆる峰の白雪　(同四二三・同三六五)
暁恋の心をよみ侍りける
さむしろに露のはかなくおきていなばあかつきごとにきえやわたらむ　(同八〇一・同五〇六)
(題しらず)
思ひいでて昔をしのぶ袖の上にありしにもあらぬ月ぞやどれる　(同一〇七七・同二七三)
(述懐心をよみ侍りける)
世にふればうきことのはの数ごとにたえず涙の露ぞおきける　(同一一三四・同六八七)
ひとりおもひをのべ侍りけるうた
山は裂け海はあせなむ世なりとも君にふた心わがあらめやも　(同一二〇四・同六八〇)

さすが定家の撰んだ歌は、調子が張っており、「たまもかる」「道の辺の」などの山吹の歌は颯爽として風情があり、三首目の菊の歌などは緻密な美の演出で新古今全盛期の詠風であり、「わたのはら」は、「鴨のはがひに霜ふりて」（万葉集六四　志貴皇子）からの様々な展開の一つだが、着想のおもしろさは、「しもまよふ空にしほれしかりがねのかへるつばさに春雨ぞふる」（新古今集六三　定家）を清新さにおいて凌いでいる。「山たかみ」の「横雲」は、和歌の創り上げた美景の典型であるが、それを割って雪の峰を引き出したところなど非凡であろう。

恋歌の「さむしろに」は、露が「置き」から「起く」へ展開、起きて後朝《きぬぎぬ》の別れをすれば、これからも露の如く悲しみで消えて（死んで）しまうだろう、と嘆く、抑制された恋の想いがさわやかに描かれている。「思ひいでて」は、業平の「月やあらぬ」をはるかな淵源として詠まれるが、昔と違った新たな月影を、昔をよみがえらせた袖の涙に発見するという趣向の〈あはれ〉深さは比類がない。「世にふれば」の「うきこと」（憂きこと）の「ことのは」という嘆きの葉には涙の露がおかれるばかりという、巧みな展開には定家も舌を巻いたに違いない。現実の繰言が見事に風情ある秋の景に転換されている。

「山は裂け」は、表現としては凡作で稚拙でさえあるが、正直な心情を心のままにほとばしらせたところに面白さがある。この歌は、『万葉集』三八五二歌の、「鯨勇取り海や死にする死ぬれこそ海は潮干て山は枯れすれ」という旋頭歌に拠る。主題からみて無視できず、勅撰集のめでたさに呼応させての入集であろう。

実朝評価は定家以降、時代と共に偏りを見せて行った。定家が評価したような詠歌はほとんど顧みられず、万葉振りの側面から評価されることが多くなった。

『了俊一子伝』（今川了俊）

鎌倉右大臣の歌ざまを見るにぞ道も物ぅく侍る。おそらくは人丸、赤人の歌に書交たりとも不恥や侍らんと、定家卿申されたり

『桐火桶』

柿本にはぢぬほどのうたざまにや。八旬の老翁の、にしきの帽子に、白払かかへて、松のしたにからかはしきて、滝の水みなぎり落ちたるかたはらに、つら杖つきて侍るをみむや、此の風骨にたがはず侍らむ。

『愚秘抄』鵜本

鎌倉右大臣公の詠作は、まことに凡慮のおよぶべきさかひにもあらざるかと、ゆゆしく覚えはべる。柿本、山辺の再誕とおは是をや申すべく侍らん。

『愚見抄』

もののふの矢なみつくろふ籠手の上に霰たばしる那須のしのはら　（金槐集三四八）

箱根路をわがこえくれば伊豆の海や沖の小島に浪の寄る見ゆ　（同五九二）

是等はわざとめかで、たしなまぬ所なるべし。万葉集の中にかきまじえたりともよもはばからじ。彼右府の歌勢を見るにぞ、道も物うく、心も窮する様に覚え侍る。此おもむき不器の前には、殊におそるべき様なり

定家の実朝評価を伝える『了俊一子伝』はともかく、以下の室町時代の成立と考えられている作者不明の定家の擬書は、定家や新勅撰以降の撰者たちの評価と大きく隔たった方面で実朝が崇敬されている（右の歌学書の引用はいずれも『日本歌学大系』風間書房を用いた）。『桐火桶』の「八旬の老翁」云々は神格化された人麻呂像である。『愚見抄』が挙げる「箱根路を」は続後撰集（一三一二）に採られているが、勅撰集が許容する万葉調のぎりぎりの限界であろう。

中世の実朝崇敬は近世に継承されていく。特に心素直で心に思う事純一に歌った上代の和歌を重んじた賀茂真淵の『歌意考』や、荷田在満の『国歌八論再論』、田安宗武の『臆説剰言』などは万葉調の側面から実朝歌を顕彰している。ただ、真淵の『にひまなび』は「箱根路を」「もののふの」以外に、次のような歌を挙げて評価の幅を広げていることも注目される。

この寝ぬる朝けの風に薫るなり軒端の梅の春の初花　（新勅撰集三・金槐集三五）

玉もかる井出のしがらみ春かけて咲くや河辺の山吹の花　（同一二八・金槐集一一五）

本のいひなし、且常あることをわざと言はれつる末の調の心高きをみよ。

又梅開厭雨てふ題にて

我が宿の梅の花咲けり春雨はいたくな降りそ散らまくもをし　（金槐集三六）

とよまれしを思ふに、其の頃京に歌よむ人、みな迫心《さき》もて巧にくるしくぞ在らむ。いで古へ風詠みてみせむと、天の下の歌よみを見下したる心もおのずから見ゆ（『にひまなび』）。

このような実朝評価に対し、香川景樹の『新学《にひまなび》異見』は激しく異を唱えている。

……然るに右府の歌の如く、ことごとしく古調を踏襲《カス》め古言を割裂《トリ》たらんには、後より是を見んに、或人は藤原・平城の上つ世に似たると貴み、或人は情を狂《イツハ》り世を欺くの作なると卑しむべし。其卑しまんはさて有りなん。其尊むに至りては、害はひ勝げていふべからず。

実朝は現代に至るも評価の定まらない、ある意味では不思議な歌人である『歌意考』以下の歌学書も『日本歌学大系』風間書房を参照した）。さすがに今日の研究は、実朝を万葉調からのみ捉える評価の狭さは克服されつつある。王朝風でありながら高い評価を与える幅の広さは、近世の国学者賀茂真淵にもあったが、近代においても実朝の秀歌に万葉調の他に王朝風の特色を認め「自然のとらえ方に知巧が目立たず、融合的な声調に情感が流露して一の雰囲気をなしている」(7)とも評されるが、一般的には真淵の実朝評価が根強く行き亘っている。現実の実態から遊離した心象的な表現世界より、実態に即したリアリズムを高く評価する近代以降の文芸意観は根強く、古典にも該博な知識に基づく豊かな感性と鋭敏な知性の光を照射した吉本隆明ですら、真淵的な価値観を引きずっていた。吉本も和歌史を俯瞰する視野から新古今的な実朝歌を一概に否定していない。一例を挙げれば吉本は次の歌を実朝の歌のなかで指折りの秀作としている。

吹く風は涼しくもあるかおのづから山の蟬鳴きて秋は来にけり　（金槐集一八九）

この歌の本歌として吉本が取り上げたのは、新古今集の「崇徳院に百首歌たてまつりける時」と題する藤原清輔の次の歌である。

おのづから涼しくもあるか夏衣日も夕暮の雨の名残りに　（新古今集二六四）

本歌が「〈景物〉にくつろいでいるだけの〈心〉なのに」比べて、実朝歌は「鋼鉄色のメタフイジックを喚起し、それが実朝のあるべきようの境涯につながっている」ゆえに、〈景物〉のイメージが卓抜であると激賞する。(8)「実朝のあるべきよう」とは、「いつ殺されるかもしれない」苛烈な生を言う。

吉本の価値基準は、新古今風の衣装をまとってもその底に切実な生の輝きがあることであろう。吉本の実朝論から数年後に、短歌の実作者である塚本邦雄が発表した実朝論は、吉本論とクロスしつつ特異な見解を示している。

塚本は『小倉百人一首』に対抗して、王朝から新たな百首を選んだ『王朝百首』(9)において、実朝の百人一首歌「よのなかはつねにもがもななぎさこぐあまの小舟の綱手かなしも」（新勅撰集五二五・金槐集五七二）に対して次の一首を挙げる。

萩の花くれぐれまでもありつるが月出でてみるに無きが儚さ　（金槐集二一〇）

この歌は題詠ではなく実景を歌ったもので、「庭の萩わづかにのこれるを月さしいでてのち見るにちりたるにや花のみえざりしかば」という詞書が付されている。事実をそのまま詠んだことになるが、問題はそのような些細な儚さに反応する実朝の繊細な感性であろう。塚本は、「この虚無の呟きこそ日常の死をいきねばならなかつたかれの魂の声」であると言い、さらに八首の歌を挙げる。ここでは二首だけ引用する。

見てのみぞおどろかれぬる烏羽玉の夢かと思ひし春の残れる　（金槐集一三二）
夕月夜おぼつかなきを雲間より仄かに見えしそれかあらぬか　（金槐集四二七）

塚本は言う、「彼が見たものは現実の彼方のみてはならぬもの、禁忌《タブー》、死の国ではあるまいか。由比ヶ浜に浮ばぬ船を造り宋への遁走に失敗したのは二十六歳の春であった」(10)と。塚本の審美眼の鋭さは周知の如くであるが、実朝の惨劇を知ってしまった者の思い入れを差し引いても、虚無感が実朝の歌に底流していることは否定できない。第4節に挙げた法華堂の柱に記した秀歌も実朝の本性を象徴する一首であろう。いわゆる新古今風の〈あはれ〉深く華麗な詠風の素晴らしさは、作者の命の輝きに照らし出される美であり、それを欠いている空疎な言葉の綾織りは秀歌とはならない。塚本が見ているのはまさに歌が醸し出す命の輝きであり、魂の声である。

自らの命を含めて実朝は生の儚さを実感しつつ、現実には明るく振舞い、近習たちに慕われたに違いない。しかし歌は実朝の心の鏡である。たとえ題詠であっても実朝は現実をしっかりと見た作家である。老人を詠み、杣人を思いやって歌うなど、いわゆる正調の和歌の顧みない生活の時空に眼を注いだ。この表現対象の広さとアウトサイダーぶりは、源俊頼の『散木奇歌集』から西行、そして六代将軍宗尊親王の述懐性へという流れと深く関わっている。述懐性とは現実と向き合うことである。

実朝評価からは逸れてしまうが、惜しくも記録から漏れた稀有な出会いが実朝にあったことを付言しておきたい。それは二条院讃岐との出会いである。二条院讃岐は伊勢の所領をめぐる訴訟のため「鎌倉右大臣にうれへむとてあずまに下り、ほいのごとくになりてかへりのぼり侍りければ」とあって善信法師と贈答歌を交わしている（玉葉集二〇七六〜七）。

彼女は千載集に採られた「わが袖は潮干に見えぬ沖の石の人こそしらねかはくまぞなき」（千載集七六〇）の歌で評判になり「沖の石の女房」と呼ばれた才媛である。父の源三位頼政も優れた歌人であったが、以仁王の平家打倒の令旨にいち早く応じて挙兵、宇治の戦いで斃れた気骨の武人であった。頼朝の政権はこの頼政挙兵をもって一歩を踏み出したといっても過言ではない。大きな時代のうねりを越えて、既に七〇前後の老齢となった二条院讃岐ではあったが、実朝が召し出さなかったとは考えられない。頼朝が西行を召し出して語ったのは兵法であった。

実朝が話題にしたのは和歌以外にない。彼女からどのようなことを学び取ったのであろうか。鴨長明との会話も弾んだかもしれないが、二条院讃岐とは至福の言葉が飛び交ったに違いない。実朝の人生は今日の想像以上に明るいものであったかもしれない。

三代将軍実朝と四代将軍頼経との間に幕府を震撼させる事件があった。いうまでもなく承久元年（一二一九）正月二七日、実朝を襲った惨劇である。忠誠に対する本領安堵という将軍との絆に生存がかかっている御家人にとって、将軍の権威は神聖であり不変でなければならなかった。その将軍の命が一振りの太刀によって瞬時に断たれるなどあってはならないことであろう。しかもその理不尽な惨劇が、武家の守護神たる鶴岡八幡宮の聖域における厳粛な儀式の最中に、しかもその主役の身に起こったことは、あまりにも衝撃的な事件であった。御家人たちは武術を家業とする武家でありながら、武術というものの不条理な一閃を改めて思い知ったに違いない。

直接の下手人は、頼家男で鶴岡八幡宮別当の公暁で、暗殺の対象は実朝とそれに供奉する義時であったが、事件の張本人を三浦義村とする永井路子の小説（『炎環』）の説が有力である。義時は事件の直前に「心身違例」（『吾妻鏡』）となり、御剣を持つ役を藤原仲章に譲ったことで事なきを得たが、そのことを知った義村が保身のために公暁を見限り討ち果たしたという。御剣の役を引き継いだために、犠牲となった藤原仲章は、後鳥羽院の権力に実朝を取りこむ目的で派遣されたと見られた京下りの公家である。そのことから、仲章は誤って殺害されたのではなく、実朝とともに暗殺の対象であったという見解が野口実によって提唱されている(11)。なお同氏は、公暁に加担した鶴岡八幡宮寺の供僧三名がいずれも平家の末裔であることから、源氏への報復という側面のあることを指摘する。しかしこの事件には謎が多く、更なる異説を呼ぶことであろう。

幕府始まって以来の最大の危機にあって、御家人たちの動揺をどうにか抑えたのは執権義時、政子らの力量であったが、衝撃は京にも及んだ。二月六日、後鳥羽院は急遽水無瀬から高陽院に還御、その日朝廷は関東の穢《けが》れを卜したという（『百練抄』）。将軍家の横死という重い穢れが今後どのような影響を天下にもたらすのか、神意を問うたということであろう。また院は実朝の変により、五壇法、仁王経法、七物薬師などを修し、更に七壇北斗法を修した（『高台院御室伝』など）。後鳥羽院に将軍家を膝下に抑え込もうという政治的な思惑があったことは否定できないが、院は、なによりも「君にふた心」なしと高らかに歌う、才能豊かなこの若者を愛していた。矢継ぎ早に累進して遂に右大臣にまで上った実朝の異常な官途は、分を越える官位を与えて亡ぼそうという、いわゆる官打ちによるかとも言われているが、後鳥羽院に実朝を憎む理由はない。

この事件を契機に後鳥羽院の幕府に対する見方が変わったのではないだろうか。権威の中枢である将軍家をあっけなく抹殺する関東という無気味な世界、凶暴な東夷の集団たる鎌倉はまさに化外の地に他ならない。そのように見えたに違いない。院と鎌倉政権が権力機能の面で基本的に対立関係にあったとしても、「半貴族的性格を待つ源家将軍の権威」としての実朝の存在が、「京都と鎌倉との絶対的危機を回避する力となっていた」といわれる。[12] 将軍の存在は執権の権力の源泉である以上、将軍の空位は幕府の危機である。その危機を北条政子と執権義時はよく持ちこたえ、承久の乱を戦いとる体制を固めていった。

注

(1) 山本幸司『頼朝の精神史』「神話復活の時代」講談社選書メチエ一四三　一九九八年一一月
(2) 大谷雅子『和歌が語る吾妻鏡の世界』新人物往来社　一九九六年一月
(3) 井上宗雄『増鏡〈上〉』講談社学術文庫　一九七九年一一月
(4) 本郷和人『新・中世王権論―武門の覇者の系譜』新人物往来社　二〇〇四年一二月
(5) 坂井孝一『源実朝―「東国の王権」を夢見た将軍』講談社選書メチエ　二〇一四年七月
(6) 坂井孝一『承久の乱―真の「武者の世」を告げる大乱』中公新書　二〇一八年一一月
(7) 鎌田五郎「源実朝」和歌文学会編『中世・近世の歌人』桜楓社　一九七〇年七月
(8) 吉本隆明『源実朝』筑摩書房　一九七一年八月。引用は『源実朝』ちくま文庫　一九九〇年一月

（9）塚本邦雄『王朝百首』文化出版局　一九七四年一一月。引用は『王朝百首』講談社文芸文庫　二〇〇九年一〇月
（10）注（9）に同じ
（11）野口実『武家の棟梁源氏はなぜ滅んだのか』新人物往来社　一九九八年一一月
（12）安田元久『北条義時』吉川弘文館　一九八六年四月

第二章　歌わぬ将軍頼経

1　頼経擁立

鎌倉の激震が未だ収まらぬ承久元年（一二一九）二月十三日、幕府は後鳥羽院の雅成親王か頼仁親王のいずれかを将軍に立てることを要請する。院は取りあえずこれを聴《ゆる》した。親王を通して鎌倉を抑え込むという選択肢があったからであろう。「姑《しばら》く」ではあっても院の承諾を得た幕府には一応の見通しが立った。しかし院の鎌倉への憎悪は次第に高まった。親王鎌倉派遣は「イカニ将来ニ、コノ日本国二《ふたつ》ニ分ル事ヲバシオカンゾ」（『愚管抄』）という次第で沙汰止みとなり、鎌倉行の宣旨が下ったのは六月二日、選ばれたのは親王ではなく、左大臣道家の一子、未だ三歳の三寅（頼経）であった。この頼経は血筋の上で源家とわずかにつながっており、鎌倉には受け入れやすかったと思われる。

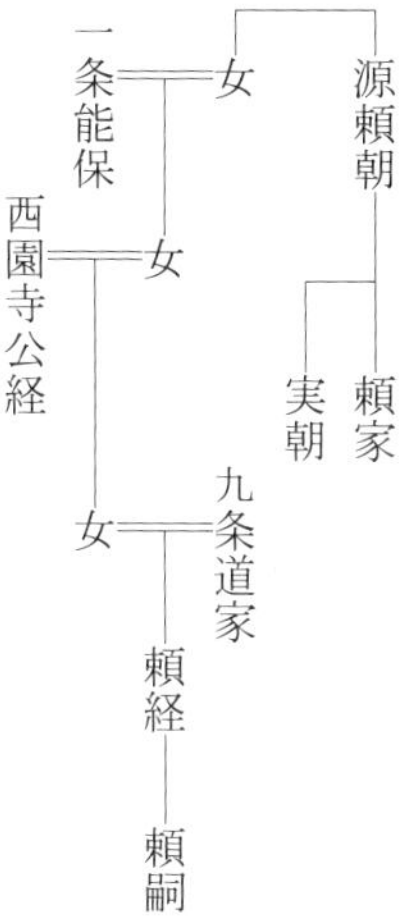

まだ将軍の宣旨を享ける状態ではなかったが、ともかく「鎌倉殿」の確保により、政子・義時政権はひとまず安定した。鎌倉は従二位平政子が政《まつりごと》を聴き、義時をして将軍の事を奉行させるという、北条氏独裁体制を造り上げていった（『吾妻鏡』『鎌倉年代記』など）。

しかし院にとって鎌倉は依然として化外の府であり、まつろわぬ東夷の国であった。院の鎌倉嫌悪は実朝の死によって決定づけられたものと思われる。歴史にモシはあり得ないが、もし仮に実朝が右大臣として生きながらえたとすれば、院は決して実朝討伐の院宣は下さなかったはずである。おそらくは実朝を院と価値観を共有する貴人として育て、幕府の懐柔を図っていたと思われる。

頼経像（『集古十種』）

後鳥羽院は、承久三年（一二二一）五月一四日、北条義時追討の院宣を五畿七道諸国に下した。対して義時は遠江以東の諸国の兵を徴して、時房、泰時以下に命じ東海道、東山道、北陸道から京に攻め上り、およそひと月後の六月一五日には京を制圧する。院は義時追討の宣旨を撤回し官位も旧に復した。院側の完敗であった。

この事件は様々な意味において異例ずくめである。先ずは後鳥羽自身が戦場にこそ立たなかったが、武将のような意識で指揮を執っているらしいことである。これまで天皇・上皇の戦いはすべて武士に委託する形をとったが、院は義時と同じく総大将として振舞い、京の防衛のため東軍の防御を議し、叡山の衆徒に東軍に備えさせようとしている。付け焼刃のように見えるのは、幕府軍がためらいもなく怒涛のように攻めてきたことが想定外であったことによる。宣旨の撤回はこのような事態に対する、天皇や上皇の、つまり朝廷の基本的な対応策であり、院はそれに従ったまでであろう。基本的な対応策とは、朝廷は強い相手に対しては常に懐柔策を執ることである。たとえ討伐の院宣を下した相手であっても、勝算がなければ懐柔に転換する。宣旨の撤回など無節操でも不実でもない。この柔軟な対応が天皇家を存続させたといえよう。

もし幕府との対立が長引いていれば、宣旨の撤回を条件に幕府側から何らかの権益を回収する形で事態が収拾されたと想像される。幕府側もいつまでも「朝敵」で推移する不利を考えざるを得ない。

義時の行動の異例は、院にそのような余裕を与えず一挙に軍事的決着をつけたことである。義時のこの決断は、大江広元の先を見通す犀利な目と、政子の強靭な意志に動かされてのものであるが、神の子孫である天皇家への叛逆であり、神祇のカリスマ性への革命的な挑戦である。官職を与えられた以上、表向き義時も歴とした朝廷の臣である。宣旨には逆らえない立場であり、事実、廷臣が兵を挙げて朝廷に立ち向かう事はかつてなかった。歴史の歯車を回すのは多くはこのような禁忌の破壊である。

幕府は後鳥羽院を隠岐に、順徳上皇は佐渡へ、六条宮、冷泉宮もそれぞれ但馬、備前へ、討幕に反対していた土御門上皇も土佐へ、院の皇子たちはそれぞれ配流、仲恭天皇（順徳の皇子）は廃された。このような臣による処断も禁忌の破壊に他ならない。それでも死罪にしなかったのは禁忌の残影であろう。院に従った公卿や武家に対しては仮借なき粛清の刃が振るわれたのである。

承久の乱により朝廷と幕府の権力のバランスが大きく幕府の方に傾いた。幕府は後鳥羽院の血統を忌避して、後鳥羽院の兄である守貞親王（後高倉院）の息、茂仁《とよひと》王を立てて即位させた。後堀河天皇である。皇位継承すら幕府の介入するところとなった。

本書にとって重要なのは幕府権力の変容が、幕府の文化にどのような影を投じたかという問題である。通常衰退する権力の担う文化はそれに応じて衰退するが、鎌倉において尚武の精神が横溢し、「わが職の礼」（武芸）が振興して「非職才芸」（公家文化）が衰退したわけではなかった。和歌に限って言えば、実朝時代に培われた御家人たちの和歌の学びが定着して、さらなる発展を遂げたのが頼経の時代であり、やがて六代将軍宗尊親王の時代にかつてない盛時を迎えることになる。このことは、鎌倉が危機を乗り越えながら、それに触れた和歌がほとんど残されていないことと共に、武家にとって和歌とは何なのかという問いを投げかけていると思われる。

承久の乱に関わって『吾妻鏡』は、わずかに敗者である院側の中納言宗行と後鳥羽院自身の歌を伝えている。宗行は関東へ護送の途、荷を負う悲嘆にくれた疋夫に出会う。按察卿光親の僮僕で、主が駿河の加古坂で梟首されたので遺骨を拾って帰洛する途中であるという。宗行は同じ罪の光親の処刑を知り死を覚悟して、黄瀬河の宿にて休息する時、和歌一首を「筆硯の次《ついで》あるによつて、傍に註《しる》」したという。

今日すぐる身を浮島が原にてもつひの道をば聞きさだめつる　（延慶本『平家物語』六七）

浮島の原は沼津の名所。「身を浮島」は「身の憂き」を掛ける「つひの道」を聞いて覚悟をする。翌七月（承久三年〈一二二一〉）一四日、宗行は伊豆の藍沢原で斬られた。右の歌は、『承久記』や『海道記』にも伝えられるが、詞句にかなりの異同がある。なお義時追討の宣旨を書き下した光親は院の無双の寵臣であったが、院を諫めた文書が数十通も仙洞に残っていたのが見つかり、泰時をいたく後悔させたという(1)。

腹心の臣下が次々に斬られる中、後鳥羽院は出雲の大浜で乗船するに際し、御歌を七条院(院の母、坊門殖子)、修明門院(院の寵妃重子)などに贈った。

たらちめの消えやらでまつ露の身を風よりさきにいかでとはまし　(『承久記』一六)

しるらめや憂きめをみをの浜千鳥なくなくしほる袖のけしきを　(同一一)

「たらちめ」は七条院。もはや訪うすべあらぬ悲嘆を歌う。二首目は、憂き目をミル、からミヲ(水脈《みお》)の浜千鳥へ転じ、「なく」の序とする。涙の袖をそなたは知るだろうか(しるらめや)と寵妃に訴えた歌である。院は遂に都の土を踏むことはなかった。

乱平定の立役者泰時は、六波羅探題北方として就任、おなじく南方には叔父の時房が就いて、共に京の治安や戦後処理、朝廷の監視、畿内以西の御家人の統括に当った。両人は政務多端の傍ら歌鞠の技を磨き、公卿たちと交流を重ねて一級の教養を身に付けることとなった。すでに時房は乱以前の実朝将軍の時代に、後鳥羽院の鞠庭で蹴鞠を行い院から称賛されたほどの名手で、実朝主催の蹴鞠奉行を務めたこともあった。

在京時代泰時は蓮生と次のような歌を交わしている。蓮生は上に見たように、いわゆる宇都宮歌壇の代表者で、同族の定家と親しく娘は定家の嫡男為家の室となっている。

みやこにすみ侍りけるやよひの比、この程、風心ち侍るよし人のもとへ申しつかはしけるついでに、かきそへ侍りける　泰時

年をへて花の都の春にあひて風を心にまかせてしかな　（玉葉集一八九七）

返し　蓮生法師

吹く風も君が心にまかせてはみやこのどけき花をこそみめ　（同一八九八）

詞書の「風心ち」は風邪心地。風邪見舞いの書簡に書き添えた歌である。「風をこころにまか」すとは、風を支配して花が散らないようにすること、それに風邪を掛けて、それを意のままに操りたいの意を持たせる。風邪があなたの意のままになるなら、都では桜をゆったりと見ることができるでしょう、と答えたのが蓮生の歌である。時に泰時およそ四〇、蓮生は五〇代前半の頃合いである。

承久の乱を乗り越えた幕府は、幼い「鎌倉殿」頼経を擁し、頼経を後見する政子と義時政権

となり、京を時房・泰時両探題によって抑さえ、万全の構えを執って時代に君臨したが、乱の三年後の元仁元年（一二二四）六月一三日、初代執権義時が急逝してにわかに波乱含みとなる。享年六二歳。死因は「衝心脚気」（『吾妻鏡』）、近習による刺殺（『保暦間記』）などと伝えられる。

泰時は父の死に際しても蓮生と歌を交わしている。

父身まかりてのち、月あかく侍りける夜、蓮生法師がもとにつかはしける

平泰時

山のはにかくれし人は見えもせでいりにし月はめぐりきにけり　（新勅撰集一二六〇）

返し

蓮生

かくれにし人の形見は月をみよこころのほかにすめるかげかは　（同一二六一）

この贈答は義時逝去の直後ではなく、しばらく経ってからのものらしい。泰時歌の「月」が空の月であれば、ひと月後の同じ様の月であり、暦の月を掛けるなら一年後の七月となるが、たぶん前者であろう。いずれにしろ泰時は鎌倉に下っている。蓮生歌は、月を鏡に見立ててそこに心の父を映して見よ、の意。澄めるに住めるを掛ける。澄む・見る・影は月の縁語。鏡の縁語でもある。技巧的に見えて心の籠もった作である。

2　自立する鎌倉歌壇

第三代執権泰時の滑り出しは、前章に挙げた伊賀氏の変といわれる謀叛があり波乱含みであった。尼将軍と称された政子は、義時の死の翌年の嘉禄元年（一二二五）七月世を去り、世代交代は一挙に進んだ。泰時はこれまでの専制体制を採らず、京から呼び戻した叔父の時房を自分と同等の執権に立て、この両執権と有力御家人や事務官僚一三人の「評定」会議を幕府最高の執行機関とする合議制を採った。

頼経の将軍就任は嘉禄二年（一二二六）一月、満八歳である。まだ和歌を詠むには若すぎる年齢であり、まして率先して和歌の行事を催すとは考えられない。当然歌鞠の指導者には事欠かないほど鎌倉御所にはその道の巧者が実朝時代から揃っていた。歌鞠に限らず頼経の帝王学に不足はなかったと思われる。

嘉禄三年（一二二七）九月一三日、御所にて後藤基綱、橘隆邦らの奉行で和歌会が予定されていた。中秋の名月の日であるから、おそらくそれに因んだ歌題の会であったと想像される。予め沙汰されていた催しであるにもかかわらず、将軍の「機嫌しかるべからざるにより」中止となったという。当時頼経は九歳、将軍自身が沙汰を下したとも思えぬから、泰時の指示であったかもしれない。それにしても機嫌を損じての中止とは、頼経の幼さとわがままに困惑する近習たちの様子がよく分かる。自分のわがままで折角の歌会が中止になり、忸怩たる思いに駆られたのか、「ただし人々の詠歌内々召してこれを御覧ず」という。

この出来事は、実朝時代とは違って将軍の要請によって歌の行事が開かれるのではなく、歌の催しが半ば恒例化していたことを示す。つまりは御所での和歌会が公的儀礼として定着していたことを示している。頼経は長じても果たしてどの程度和歌を好んだのかはっきりしない。和歌に堪能な京下りの廷臣や御家人などの歌の指導者たちに手を引かれて、歌の席に坐らされたというのが実態であったように思う。

将軍でありながら頼経の歌は勅撰集はおろか私撰集にも採られていない。頼経が歌を詠まないことはありえない。公的儀礼として和歌が定着した以上、将軍は率先して歌を詠まなければならない立場である。勅撰集に入集するにはそれなりの身分と歌才を要したが、身分（官位）と歌才は十分条件ではなく、撰者との師弟関係その他眼に見えない要因が絡んでいると考えられる。入集の理由は推定し得ても、入集しない理由の検証は零の証明に似て極めて難しい。頼経もそのひとりである。歴史の篩は容赦なく貴重なものを闇に葬ってゆく。遺されている方が奇跡なのであろう。

嘉禄三年（一二二七）九月一三日に予定された御所での歌会の奉行、後藤基綱は藤原氏利人の流れ。承久の乱で後鳥羽院側に付いた父の基清を幕府の命で斬るという非運に遇うが、頼経の近習番のほか評定衆、恩沢奉行を勤めた。新勅撰集に二首、以下の勅撰集に六首採られた歌人である。後に宮騒動により評定衆を解かれ頼経に従って上京するが、その後引付衆として帰り咲いた。子息の基政も歌才に恵まれた勅撰集歌人で、六代将軍宗尊親王の側近となり、和歌奉行として活躍し、親王の命で『東撰和歌六帖』を撰した。

基綱は執権泰時とも親交を結んだらしく、次のような歌を交わしている。

藤原基綱山ざとに侍りけるに申しつかはしける

平泰時朝臣

風まぜにみ雪ふりしく山里のあさのさごろもいかにさゆらん　（新千載集一八二九）

返し　藤原基綱

思へただ　さらでもさゆる山おろしに雪をかさぬるあさのころも手　（同一八三〇）

温暖な鎌倉でも山を背負った鎌倉の冬はそれなりに冷え込む。泰時の基綱を気遣う心が溢れた歌である。このように日常生活の中で詠まれた褻《け》の歌には装わぬ思いが表出される。たまたま勅撰集に採られるという偶然の幸運によって、この贈答歌は今日に伝わることができた。もっとも知りたいのはこのような、事実を伝える作品で、そのような歌にこそ鎌倉武士独自の世界があったはずであるが、残念ながら歴史はほとんど晴《はれ》の歌しか遺さなかった。従って右のように当事者の息遣いをそのまま伝える歌はきわめて貴重である。

もう一人の奉行である判官橘隆邦は、『吾妻鑑』貞応二年（一二二三）、承久の乱の恩賞奉行の項と文暦二年（一二三五）二月一〇日、五大堂の建立の項に、指揮を執った奉行の一人として名が記されている、京下りの事務官僚であろうが（橘氏の系図にも、『尊卑分脈』にも見当たらず）、歌も遺されていない。

3　和歌の行事

「機嫌しかるべからざるにより」中止となった嘉禄三年（一二二七）九月二三日の和歌会以後、『吾妻鏡』が記録する将軍頼経の時代に確認できる和歌の行事は以下の通りである。参加者と共に挙げ、参加者で初めて登場する人物の出自、事績などを記すことにする。

A　寛喜元年（一二二九）四月一七日

将軍頼経三崎の津に御出。相州（時房）・武州（泰時）以下多く参る。管絃詠歌。佐原家連一葉棹して参向

B　同年五月二六日

将軍蹴鞠御覧のため永福寺に渡御。露地の御剣は佐原家連・寺門の内は駿河前司義村・小山長村以下芸に携わる輩は布衣。相州時房紅葉の林間を点ず。子息真昭召し出さる。源親行祇候。鞠の後当座の和歌会

永福寺跡

永福寺復元図
（湘南工科大学長澤研究室提供）

C　寛喜三年九月一三日
御所にて和歌会。基綱・源親行・伊賀光西など
D　貞永元年（一二三二）一一月二九日
将軍林頭を観んために永福寺渡御。泰時退出せずそのまま扈従。式部大夫政村・陸奥五郎実泰・加賀守町野康俊・大夫判官基綱・左衛門尉藤原定員・都筑九郎経景・中務丞東胤行・波多野朝定以下、和歌に携わる輩を選び召す。釣殿にて和歌会。雪気雨脚に変じ、余興尽きざるに還御
E　天福元年（一二三三）五月五日
御所和歌会。題弄菖蒲聞郭公。陸奥式部大夫政村・相模三郎入道資時・源親行・後藤基綱・伊賀式部大夫入道光西・波多野次郎経朝・都筑九郎経景
F　同年九月一三日
泰時亭にて和歌会。蜜々の儀。源親行・基綱など
G　文暦二年（一二三四）二月九日
将軍後藤基綱の大倉の宅に入御。的・小笠懸・鞠・管絃・夜に和歌会。政村・朝直・三条親実・義村・伊藤祐時・光村・などが供奉。夜、時房・泰時参上
H　嘉禎三年（一二三七）三月九日

庚申。新御所最初の和歌会。将軍庚申を守る。題、桜花盛久。花亭祝言。左兵衛督頼氏これを献ず。左兵衛督の一条頼氏・左京兆泰時・足利左典厩義氏・相模三郎資時入道・快雅僧正・式部大夫入道伊賀光宗・源親行・佐渡守後藤基綱・城太郎安達義景・都筑左衛門尉経景・波多野次郎朝定

Ｉ　同年八月一五日

放生会。明月に対して当座の和歌会。右馬助政村・相模三郎入道資時・主計頭師員・加賀前司町野康俊・大夫判官藤原定員・伊賀式部大夫入道光宗・城太郎安達義景。また陰陽師廣資追って参加

Ｊ　延応元年（一二三九）九月三〇日

御所にて和歌会。題、行路紅葉・暁擣衣・九月尽。右馬権頭政村・北条左親衛経時・相模三郎入道資時・伊賀式部大夫入道光宗・兵庫頭藤原定員・佐渡判官後藤基政など。おのおの懐紙を献ず

Ｋ　仁治二年（一二四二）八月一五日

放生会。御所にて観月和歌会。政村・資時・伊賀光宗・後藤基政など。女房懐紙を献ず

Ｌ　同年九月一三日

将軍、人丸影供養を行う

M　同年一〇月一一日
御所にて和歌会。前左典厩政村・隆弁僧都・親行・基綱・基政・光西など

N　寛元元年（一二四三）九月五日
将軍、後藤基綱の大倉の家に入御。武州経時・左近大夫将監時頼・前右馬頭政村・遠江守朝直・越後守光時・丹後前司足利泰氏・備前守時長・陸奥掃部助実時・遠江式部大夫時章・相模式部大夫時直・秋田城介（安達義景か）・能登前司・下野前司泰綱・壱岐前司泰綱・上総権介秀胤以下供奉す。隠岐次郎左衛門尉泰清御調度を懸く。和歌・管絃など御会。壱岐前司泰綱琵琶を弾ず。二条中将教定・壬生侍従・相模三郎入道資時・河内式部大夫源親行など参会

O　寛元二年一月二三日
三嶋奉幣。将軍以下千度詣あり。その後管絃歌詠

右が『吾妻鏡』に記録された将軍頼経時代の和歌の行事である。A・B・D・I・Oが参詣や遊覧などの行楽の折に催された和歌会であるが、B・Dは永福寺に渡御しての行事、Bは蹴鞠の後の「当座の和歌会」であるから余興的なものであったが、Dは「和歌に携わる輩」を特に撰びだしての会であるから、和歌会を目的とした永福寺行であった。頼朝が亡ぼした奥州藤

原氏の菩提のために建立した永福寺には、貴族の邸宅のように、広い池泉が穿たれ釣殿が設けられていた。G・Nは将軍と後藤基綱との深い親交を示す出来事である。

端午の節の五月五日のE、九月十三夜のC・F、八月一五日の放生会のI・Kは、恒例の行事に伴って催された和歌会である。明月を愛でる九月十三夜は雅な遊興であるが、薬神を祀る端午の節は神事であり放生会は仏事である。和歌会は神事あるいは仏事の一環として営まれる神聖な行事である。Oの三嶋奉幣の管絃詩歌も神への奉納として営まれたのであろう。これは不定期であるが、他は定例であるから、記録が省略されることが多いと考えられる。Hの庚申の夜のもそれらに準じる。十干の庚は陽の金、十二支の申も陽の金で、この二つが重なると凶事を招きやすいと考えられ、その夜は徹夜して明かすという習いがあった。これを庚申を守るといった。平安朝では詩歌管絃で夜を過ごす遊楽の行事となったが、この場合も同様である。

なお「新御所最初の和歌会」というのは、前年八月、今までの宇都宮辻子《ずし》御所から、新造の若宮大路御所へ御移徒《わたまし》あって以来の催しであることを示す。宇都宮辻子御所は、義時・政子政権が両者の逝去によって泰時政権へと移る際、人心を一新することを意図して、源氏三代の御所である大倉幕府を、義時以降の嫡流である得宗家の邸宅の南、若宮大路に移したもの。その宇都宮辻子御所と新しい若宮大路御所との関係には謎が多い。前者を拡大して増改築したともみられている。そこで催された初めての行事であるが、庚申そのものは定期的に巡って来るので、逐一記録されたとは思えない。Lの人丸影供とは、神格化された柿本人麻呂の画像を掲げて供養する行事で、六条家の恒例の行事であったが、鎌倉時代になると歌合と結びついて広く行われるようになった。和歌の最も神聖な行事で、将軍を取りまく代表的な歌人が一堂に会したはずである。その他の和歌会においても省略があったかもしれず、参加者も主要歌人に限られているらしく、行事の全貌を知ることは困難である。

4　参加者の顔ぶれ

限られた記録であるが、右の記事に登場する人たちの顔ぶれを見ることにしよう。

Aの三崎の津に一葉の船を棹して参向したという佐原家連は、三浦義明の孫で義連の男、紀伊国守護で、嘉禎元年（一二三五）二月、将軍家の病平癒祈願のための大般若経・神楽を諸の大社に修めさせた折、熊野本宮を担当するなど、頼経の側近の一人として活躍した。

Bの永福寺に供奉した駿河前司義村は、承久の乱に大将の一人として京に攻め入った武将である。和田の乱、実朝暗殺、伊賀氏の変など、反北条側の黒幕的存在であったが、常に北条と妥協して強力な三浦一族の安泰を図った人物である。小山長村は下野の豪族小山氏の四代当主。流鏑馬の射手を勤めたことが、『吾妻鏡』の安貞二年（一二二八）五月一〇日の条に記されている。後の宗尊親王の鶴岡八幡宮参詣にしばしば供奉しているが、弓矢の達人であったらしい。

時房男の真昭はH以下にも相模三郎資時入道の名で登場する。若くして兄の時村と共に出家、俗名は資時。後に評定衆となり三番引付衆頭人となった幕府要人の一人。新勅撰集以下二二首入集して、京からも高く評価された、鎌倉歌壇を代表する歌人で、蹴鞠の達人であり管絃にも秀でた教養人である。源親行は既に触れたように『源氏物語』の研究者である。

Cの伊賀光西、俗名伊賀式部大夫藤原光宗は、第一章5節以下に述べたように、義時急逝時、義時の室となっていた妹と謀り、頼経を廃して一条実雅を将軍に、政村を執権に立てようとした、いわゆる伊賀氏の変を起こし、信濃に配流されたが、政子の死後赦されて所領も回復、後に評定衆に就任した。続後撰集に一首採られている。

Dの永福寺での和歌会では、特に「和歌に携わる輩を選び召す」とあるから、いずれも名だたる歌詠みであろうが、名を省略された歌人たちを知り得ないのが残念である。政村は義時の異母弟で、伊賀氏の変の当事者であった。泰時は母の伊賀の方は流罪にしたが、政村の罪は問わなかった。政村の傑出した教養の裏側にはひたすら隠忍自重する生き方があり、時の将軍や執権から信頼された。後に宗尊親王や時宗の運命を左右する重要な役割を演じた人物である。

北条氏を代表する歌人であるばかりではなく、『源氏物語』の造詣も深く、源氏の注釈書『異本紫明抄』の「初音巻」に見える建長五年（一二五四）三月二八日の源氏物語談義では、注釈書『異本紫明抄』の撰者と推定されている北条実時・明経道の中原教隆の見解と西円の見解

が対立し、政村が後藤基政・東胤行や源氏の研究者源親行の意見を求めるという一幕もあった。(2)

政村を求心力に集う文雅のグループが鎌倉に形成されていた。後に触れるが、政村は常盤の第で一日千首探題歌会を催している。この会は将軍家の折り目正しい和歌会と異なり、和歌を遊興の手段にして楽しんだ催しである。公家文化を真摯にひたむきに享け入れるだけではなく、それを弄ぶしたたかさも持っていたのが鎌倉武士である。一日千首探題は和歌が生活文化として東国に根付いたことを象徴している。

飛鳥井雅有の家集『隣女集』に次のような興味深い記事が見られる。

或人の夢に、政村朝臣此題にて人人をすすめて歌よませて、心経をかき供養せよと見侍るとて、時村すすめ侍りしに、不逢恋
あふことにかへぬいのちのさきたたばよしのちのよをいまはたのまん　(隣女集二三〇五)

ある人の夢に、政村が「不逢恋」の題で人々に歌を詠ませ『般若心経』を書いて供養せよ、といったという。それを政村の子で、同じく勅撰集歌人の時村が、雅有にも詠歌を促したので、「不逢恋」題で詠んだという。亡き人に「不逢恋」題の歌を手向けるというある種の諧謔、それに心経を添えるという意外性は、夢とはいいながら、武士たちの心の深層に和歌の雅が香っ

ていなければあり得ない話である。その奇妙な夢を雅有に伝えて歌を詠ませる時村の遊び心も見上げたものだが、それに応じる雅有の雅も際立っている。政村自身のあずかり知らぬことでありながら、図らずも政村の人望と求心力を示す挿話である。

伊賀氏の変の当事者である政村は文雅の世界に韜晦したとも言われるが、泰時の晩年に評定衆に任じられて以来、泰時の嫡孫の経時、時頼の政権の裏方としての役割に徹し、時宗政権の実質的プランナーとも言われている。(3) 鎌倉御家人きっての勅撰集歌人であり、鎌倉の武家歌人を代表する人物である。政村流からは多くの勅撰集歌人を輩出する。嫡流の時村―為時―熙時―貞熙、熙時の弟の時仲、時村弟の政長の男、時敦・重村兄弟などである。

実泰は政村の弟で、当時小侍所別当。伊賀氏の変で窮地に陥ったが、兄と違って精神的に追い詰められ、二年後の天福二年（一二三四）六月、誤って腹を突くという、狂気の自殺かとされる怪我を負ったことが『明月記』に伝えられている（天福二年七月一二日条）。同月、嫡男実時に家督を譲って出家する。『異本紫明抄』の撰者と推定されるこの実時が金沢文庫の創設者である。

加賀守町野康俊は三善氏、問注所執事、評定衆。父の康信は母が頼朝の乳母の妹であったことから、頼朝流罪中に京都の情報を伝えた。やがて頼朝に招かれ問注所執事となる。子息の康持も父の役職を継承する。また兄弟の康連は御成敗式目の制定に意見を徴されるほどの学識があり、同じく問注所執事を勤めている。

藤原定員は、頼経に従って京から随従した近臣。宮騒動の折、頼経を弁じて執権時頼の説得を試みたが果たせず、安達義景に預けられ出家した。東胤行は既出。都筑九郎経景はE・Hにも登場する将軍近臣で、武蔵国都筑郡（横浜市北部）の出身と思われる。後に将軍を廃された頼嗣の護送に従った。波多野朝定は頼経鎌倉下向の警護を勤めた、同じく頼経の近臣。承久三年（一二二一）、乱に先立つ四月、暁方に大乱を予告する夢を見た政子の使者となって伊勢神宮に参詣したことで知られる。波多野氏は相模の国秦野の豪族であるが、朝定の系統は未詳。以上がその時点での歌壇の代表者の顔ぶれで一部はE・F・Jと重複する。

Gの朝直は時房の男、北条大仏流の祖。泰時の女を室とする。評定衆・引付頭人を歴任し、頼経以降の幕府要人である。三条親実は明経道の中原忠順の男、評定衆中原師員の叔父に当たる。頼経に仕え御所の儀礼や祭祀を司った。後に周防守護となり厳島神社の神主、さらに六波羅評定衆を勤めた。

伊藤祐時は、富士の巻狩りで父の河津祐泰の仇として曾我兄弟に打ち取られた、頼朝の寵臣工藤祐経の男である。後に従五位上検非違使左衛門尉で大和守に任じられた。

光村は三浦義村男で将軍頼経の側近の一人。後の宝治合戦で兄の泰村と共に非業の最期を遂げる。頼朝の法華堂に立てこもった際、頼経の父道家が北条氏討伐を謀った折に、泰村が逡巡したために果たせず、今日の一族滅亡という破局に陥ったことを悔いたと伝えられる。豪胆な武人であった。

Ｈの左兵衛督の一条頼氏は、北条氏の女を室としていたことにより、承久の乱の折危険を感じて鎌倉に逃れた公家。後に従二位皇后宮権大夫兼左兵衛督に上った。足利左典厩義氏は義兼男、母が時政の女、自身も泰時の女を室として北条氏と姻戚関係を結び、幕府の重鎮となった。

頼朝法華堂跡
法華堂は頼朝建立。敷地の奥の階段上に大江広元、その子の毛利季光、頼朝の子といわれる島津忠久の墓がある。

三浦一族の墓
（法華堂跡のやぐら）

快雅僧正は続古今集に一首採られている前権僧正快雅だとすれば、阿波守皇嘉門院判官代親雅の男かとされる歌人。

城太郎安達義景は景盛の男、泰時、経時、時頼三代の執権を補佐し、評定衆の一人として重んじられた。子息の泰盛は時宗政権下で安達氏全盛期を築いた。快雅僧正は父は親雅、比叡山功徳院の僧。

Iの放生会の和歌会でこれまで名の見えなかった参加者は陰陽師廣資である。安倍氏系図にも見えず伝未詳。

Jの北条左親衛経時は泰時の孫、時氏の男。母は安達景盛の女。泰時の死去によって執権となるが、病のために執権職を時頼に譲って出家した。K、Mも常連が集うが、Mの隆弁僧都は一条隆房の男で、園城寺派の僧。頼経に招かれ京と鎌倉を行き来するが、宮騒動、宝治合戦を通して時頼打倒を目指した勢力が後退する中で、隆弁は時頼に重んじられ、宝治元年（一二四七）鶴岡八幡宮別当に就任。六代将軍宗尊親王の師の一人と思われ、六条家の歌学を継承する当代屈指の歌人である。

Nに至って初めて登場する左近大夫将監時頼は、宗尊親王の盛時を領導した、後の五代執権の若き姿であった。その前年の仁治三年（一二四二）、泰時は病を得て没し、執権は孫の経時となった。時頼はその弟で、四年後の寛元四年（一二四六）、病により経時は時頼に執権職を移譲する。

越後守光時は名越朝時の男。朝時の母は正室の姫の前であったが、異母兄の庶流の泰時が執権職を継いだことから、名越北条氏は反得宗家の姿勢を取り続けた。光時は宮騒動で頼経側に加担して破れ、出家して降伏を余儀なくされた。足利泰氏は義氏の男、母は泰時の女であることから、将来の躍進が期待される立場であったが、建長三年（一二五一）突然許可なく出家、拝領した領地を没収され、本領に蟄居して終わった。

備前守時長は名越朝時の男、頼経に近侍して御剣役などを勤める。暦仁元年（一二三八）、頼経上洛に供奉し、同年蔵人頭、さらに右衛門権少尉、左衛門尉に補された。遠江式部大夫時章も名越朝時の男で、名越氏第二代当主。反得宗で急進派であった兄弟の光時、教時に対して、時章は得宗家との協調に努めたが、政争に巻き込まれ文永九年（一二七二）の二月騒動で殺害された。相模式部大夫時直は時房の男で、主として六代将軍宗尊親王のもとで活躍する。親王が将軍を廃されて京へ送られた折に供奉した。

Nの二度目の後藤基綱邸に入御しての遊興では新顔が多く、下野前司泰綱、壱岐前司泰綱、上総権介秀胤などの供奉人が新顔である。下野前司泰綱は宇都宮頼綱（蓮生）男で、宇都宮歌壇の有力歌人。定家をして、骨を得ていると評価させた名手であった（『明月記』嘉禎元年〈一二三五〉五月一日条）。壱岐前司泰綱は、父佐々木信綱、母は義時の女。近江源氏の庶流で六角氏の祖といわれている。検非違使、左衛門尉、壱岐守に任官する。上総権介秀胤は上総千葉氏の第二当主で常秀の男、評定衆に加わったが、宮騒動によって失脚する。隠岐次郎左衛門尉泰清は、佐々木義清の男。兄の政義が無断で出家して没収された出雲・隠岐の守護を継承して、六波羅評定衆に列せられる。官位は従五位下検非違使。二条中将教定は飛鳥井雅経の男。特に六代将軍宗尊親王のもとで活躍する。子息の雅有と共に雅経の飛鳥井流の蹴鞠と歌道を伝え、将軍家を盛り立てた。

以上の人物が『吾妻鏡』に記録された将軍頼経時代の和歌行事の参加者であるが、歌は残念ながら伝えられていない。歌会などの晴の歌ではないが、鎌倉関係の歌人で歌が詠まれた時点が特定できる例が僅かに見られる。

5　日常生活に浸透する和歌

寛喜二年（一二三〇）春、栂尾の明恵上人が患ったとき、すでに鎌倉に帰着していた泰時は上人と歌を交わしている。

武蔵守泰時消息をおくらるゝついてに
おもひやる心は常に通ふとはしらずや君がことつてもなき　（明恵上人集一二七）

返

人しれず思ふ心の通ふこそいふにまされるしるべなるらめ　（同一一二八）

同人、時料をたてまつらむと申さるゝを、辞退あて云

ちきりあらば生々世々にも生まれあはむかみつぐやうにぞくひにはよらし　（同一一二九）

返し

きよければきじくはじとは思ふべしかみつぐぞくひなにいとふらむ　（同一一三〇）

又返

紙をつぐぞくひもなにかほしからむ清き心は空にこそ澄め　（同一一三一）

そくひをもいとふ心の深ければきじくはじともちかふとをしれ　（同一一三二）

同人、寛喜二年四月のころ不食のよしをきゝてとふらひ申されしついでに

西へゆく道しる人はいそぐとも知られぬわれらはしばしとぞ思ふ　（同一一三三）

返

すてにとていて立つ道も進まれずとどむる声や堰となるらん　（同一一三四）

三首目の明恵歌の詞書にある「あて云」は「ありて云ふ」の意、「ぞくひ」とは紙をつなぐ続飯（飯粒をつぶした糊）で、僧の衣食に充てる「時料」の譬え。あなたとのえにしは続飯な

どを頼りにはしませんよ、といって時料を辞退している。四首目の泰時歌「きよければ」と六首目の明恵歌「そくひをも」の「きじくはじ」は珍しい用例であるが、平野多恵の「着じ食はじ」の意に従った[4]。

「きよければ」の歌は、清いので着るまい、食うまいと思うのでしょう、それにしてもわずかな「ぞくひ」などどうして厭うたりするのですか、とせっかくの好意を断られた不満を訴える。対して明恵は「ぞくひ」などどうして欲しいことがありましょう、わたしの清い心は空に澄んで（「住んで」を掛ける）います、ご理解ください、の意の「紙をつぐ」の歌と、「ぞくひをも」の歌を送って、泰時をなだめている。親しい中での軽口の応酬である。

寛喜二年（一二三〇）四月の泰時の歌は鎌倉で明恵の「不食」を知り、見舞いの便りに添えたもの。西方浄土への道を知る人、つまり悟りをひらいた僧は道を急ぐのでしょうが、凡俗の私としては、しばし留まってほしい、の意、

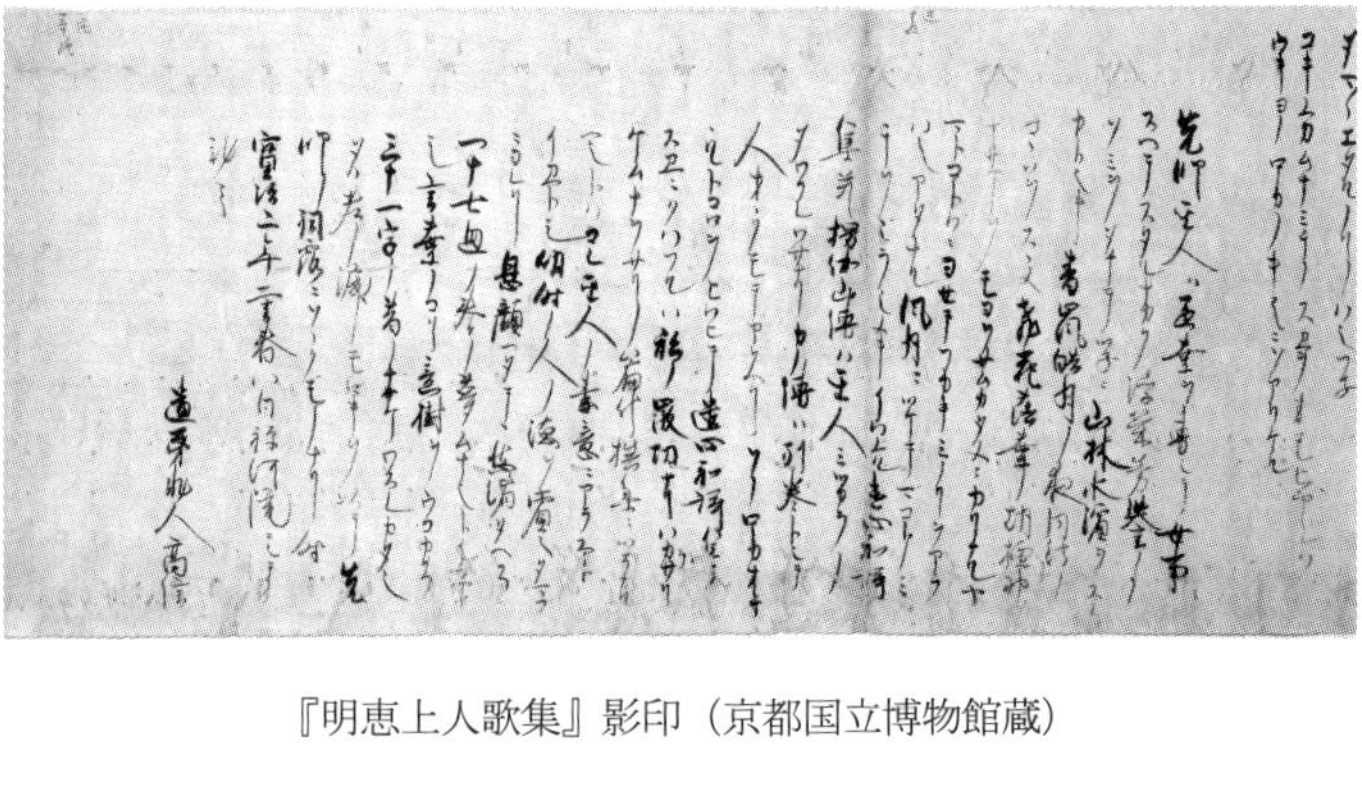

『明恵上人歌集』影印（京都国立博物館蔵）

対して明恵は、浄土への道ははかどりません、引き留める声が堰となっているのでしょう、と応じている。一首目の泰時歌「おもひやる」と二首目の返し「人しれず」は、続古今集に採られている（一八四〇〜四一。明恵歌は高弁の名で採られる）。なお、明恵の食欲不振は寛喜二年二月一五日からで、この時は快復したが、翌年痔の再発と不食によって入滅した。

泰時と明恵との出会いは、承久の乱の戦後処理の折、京方の残党を栂尾にかくまった科で、明恵が六波羅に連行された折である。泰時の在京は三九歳の承久三年（一二二一）から貞応三年（一二二四）で、その間に親密な交流が始まった。明恵は泰時より一〇歳年上であった。泰時は配下の狼藉を詫びつつ明恵に会えた喜びを述べ、悟りへの道や政道の在り方について教えを乞うた。泰時は三九歳の承久の乱以来栂尾の高山寺に参詣して法談を聞き、親交を重ねた。上横手雅敬は、明恵の教えが泰時の策定した式目や政道に生かされたという。(5)

寛喜三年大外記になりてよめる　　　中川師員
苔の下の心のやみやはれぬらんけふ身をてらすあけの衣に　（続千載集一八五二）

作者の中川師員は、大江広元（中川広元）を出した明経道中原家の庶流。父師茂は広元の従弟に当たる。泰時の時代に鎌倉に下向、将軍頼経の側近としてその該博な知識と事務官僚としての能力を発揮した。右の歌は、寛喜三年（一二三一）の除目で大外記に補任され、同五年には摂津守に任官。子息の師連も評定衆となり宗尊親王の御所奉行を勤め、父子共に幕府中枢の事務官僚として重きをなした。この父子の日記が『吾妻鏡』の原史料として利用されたといわれている。

「あけの衣」とは、赤い衣で五位の官人の服飾である。大外記は五位相当官で、その「あけの衣」の着用を許された喜びを歌っている。事実を率直に歌っているところに特色がある。いわゆる現実に即したの歌のおもしろさで、詠み人の素顔が見えるような作品である。3節に挙げた将軍頼経時代の和歌行事のうちBとCの間に歌われたことになる。続千載集はこの歌を「雑歌」として採っているが、「雑歌」の部にはこのような、実生活の中で詠まれた歌が拾い出されることが少なくない。それにしても幸運な一首である。

Dの貞永元年（一二三二）一一月二九日、永福寺の釣殿での和歌会で、雪が雨に変わり中断を余儀なくされた折、泰時と後藤基綱との間で次のような連歌が交わされたことを『吾妻鏡』は伝えている。

あめのしたにふればぞ雪の色もみる　泰時
みかさの山をたのむかげとて　基綱

吹きさらしの釣殿での和歌会は、天候の影響は屋外とさほど変わらなかったため、「余興いまだ尽きざるに還御」となったのである。泰時の歌はお蔭で雪の色を見ることができた、と景のめでたさを歌う。対して基綱は、三笠の山の傘を頼りにして「雪の色をみる」と応じている。

さらに『吾妻鏡』はJとKとの間の、仁治二年（一二四一）三月一六日の条に泰時の歌を記す。

事しげき世のならひこそ懶《ものう》けれ花の散るらん春もしられず

その日、評定があり泰時がその「事書」を将軍家に被覧に及んで評定所に帰り着いた折に、「庭上の落花」を見て詠んだという。覚えず多忙をかこつ泰時のため息が聞こえてくるような作品である。

6　頼経時代の歌人たち

頼経時代に開かれた和歌会に参加した歌人は、右に見たように記録された限りであるが、四〇人に上る。その内一六人が勅撰集歌人である。一条頼氏や源親行などの京下りの公家を除く勅撰集歌人の御家人は一〇人となるが、それらの歌をそれぞれ最も早く入集した勅撰集から一首ずつ取り上げることとする。

（秋の歌）　　　　藤原基綱（後藤）

しらすげのまのの萩原咲きしよりあさたつ鹿の鳴かぬ日はなし　　（新勅撰集二三八）

恋歌の中に　　　　素暹

そでにのみつつむならひと思ひしに人めをもるも涙なりけり　　（続後撰集六七八）

出家ののちよめる　　　　蓮阿法師（波多野朝定）

そむきぬといふばかりにやおなじ世のけふは心にとほざかるらん　　（続後撰集一二一四）

霰を　　　　源義氏（足利）

霰ふる雲のかよひ路風さえて乙女のかざし玉ぞ乱るる　　（続拾遺集六四九）

題しらず　　　　藤原義景（安達）

桜《さくら》あさの麻生《をふ》の下露置きもあへずなびく草葉に秋風ぞ吹く　　（玉葉集五四六）

（八月十五夜によめる）　　　　藤原泰綱（宇都宮）

こよひとやかねて嵐のはらふらんそらに雲なき山のはの月　　（続後撰集一〇七〇）

駿河のくにに神拝し侍りけるに、ふじの宮によみてたてまつりける

ちはやぶる神代の月のさえぬればみたらし河もにごらざりけり　平泰時（北条）（新勅撰集五六九）

（月歌よみはじめけるに）　真昭法師

袖のうへに露おきそめしゆふべよりなれていくよの秋の月かげ（同二六五）

題知らず　平政村（北条）

宮木野のこのしたふかきゆふつゆもなみだにまさる秋やなからん（同一三一八）

河月を　平時直（北条）

水瀬川こほるも月のかげなればなほありてゆく水のしらなみ（続古今集四〇九）

これらの歌が頼経の和歌会で詠まれたかどうか、はたして頼経の時代に詠まれたかどうかも確認できないが、新勅撰集の成立が嘉禎元年（一二三五）、つまりGとHの間であるから、基綱、泰時、政村の歌はそれ以前の成立となり、頼経時代の歌である可能性が強い。いずれも勅撰集という篩にかけられた歌であり、ほとんどは題詠であるから、作者の現実から乖離してはいるが、リアリズムと作品の文学性とは別問題である。

最初の基綱歌は、『万葉集』の高市黒人の「白菅の真野の榛原行くさ来さ君こそ見らめ真野の榛はら」（万葉集二八〇）に拠っている。榛を萩に替えて「白菅の真野」は歌枕として詠み継がれてきた。萩は鹿の花妻という観念的な美の取り合わせとして定着している。そうした歴史を一つの時間の流れを持った景として立ち上げている。平凡に見えながら緻密な配慮を持った作品である。

次の素暹歌は、平安前期の歌人兼盛の「はかなくもおつるなみだをつつみてぞ人めもるとはいふべかりける」（兼盛集二三）に拠ったらしい。恋の涙は袖に包んで隠すものだと思っていたが、漏れて人に知られてしまうのはやはり涙なのだ、の意。抑えきれない恋心を兼盛歌を巧みに利用して詠んだ、手だれの作品である。

四首目の足利義氏の霰を歌った作は、舞姫をイメージしたものか、「乙女のかざし」は、後の『南朝五百番歌合』に一首見られるだけの、それまでに見られない題材である。「霰」題をこれほど艶やかに歌った歌は珍しい。

五首目の安達義景歌「桜あさの」は、「桜麻の麻生の下草露しあれば明してい行け母はしるとも」（万葉集二六八七）という相聞歌を本歌として、季節歌に仕立てたもの。

六首目の宇都宮泰綱歌は、経信の「月影のすみわたるかな天のはら雲吹きはらふ夜半のあらしに」（金葉集二度本六七六）に拠っていると思われる。今夜のために雲を払うのを嵐の意志とみたところに、この歌のおもしろさがある。

次の七首目の泰時の作は鎌倉に下る旅での奉納歌であろうか。

八首目の真昭法師こと北条資時の歌「袖のうへに」は、艶めいた作である。袖に置く露は秋の侘びしさが誘う涙あるいは恋の涙を暗示しているらしいが、袖の涙に映る月影が次第に馴染んでいく（なれていく）風情を歌った独自性は、資時の才能を思わせる。

九首目の政村歌「宮木野の」の本歌は「みさぶらひみかさと申せみやぎののこの下露は雨にまされり」（古今六帖五四三）である。雨に勝る露を政村はその露に勝るのは涙の方だと歌い、秋の侘しさを主情的に捉える。才気の感じられる歌ではないが、決して凡作ではない。

最後の「河月」題の時直歌は当然観念の景であるが、氷に映る月の光が次第に移ろっていく様を白波に見立てるという、発想のおもしろさに独自性がある。写実の巧みさは事実にだけ発揮されるのではなく、観念の景においても同様で、新古今風の基本的な技法であった。

勅撰集入集歌であり、選りすぐった歌人の作であるから当然であるが、拙劣さや未熟さは感じられない。公家歌人に伍してもいささかも遜色のない歌人が御家人の中から育っていることを示している。

頼経の和歌会の記録には見えなくとも、頼経に仕えた御家人の歌人は他にもいたはずである。先ずは頼経が将軍職を辞した寛元二年（一二四四）の二年前に没した重時（泰時弟）、時房の男で、寛元二年当時二十歳前後であった時広（主として宗尊親王の時代に活躍）、東胤行男の行氏、四十五、六歳の小山宗朝、ほぼ同年輩の小田時家や蓮生の弟の塩屋朝業及び後に採り上げる朝業の子の時朝などの勅撰集歌人たちは、頼経の和歌会に列した可能性がある。彼らを含めた主要歌人を、多くの初学の歌人や儀礼の範囲内で和歌をたしなむ御家人たちが取り巻いていたと思われる。

7　将軍家と政治権力

第四代将軍頼経は九条道家の男で、母は関東申次の西園寺実氏の女。父の道家は摂政良経の長子で後に摂政関白となった朝廷の最高権力者であった。後鳥羽院の皇子の擁立という希望が果たせず、次善の策であったが、身分は頼朝とは比較にならない摂関家の出であり、しかも曽祖母が頼朝の妹であるから、わずかながら源氏嫡流の血を引いている。皇子を除けば最高の人選であったといえる。数え年で僅か三歳の幼児の内に鎌倉に引き取られ、政子のもとで武家の棟梁となるべく傅育された。そして二代将軍の女竹の御所を室にすることにより、源氏嫡流とのえにしを深め、将軍として成長していった。しかし頼経は武人の血より名だたる政治家を輩出し続けた摂関家の血を色濃く享けていた。遊芸の筵に安住し、音曲の調べに自己韜晦するような人物ではとうていなかったようである。

将軍家の権力の行使はつねに問題を孕み、将軍家の命運と絡んで推移した。将軍自ら権力を発動する、いわゆる親政が成り立っていたのは、厳密には初代の頼朝だけであった。それははやくも二代頼家で崩れ、御家人による合議制という仕組みと組織が取って代わり、それを宰領する北条氏が権力を掌握する契機となったが、この親政権はともすれば文弱な印象のある実朝により果敢に復活が図られた。実朝が従三位となり公卿として政所を開設して親政権の行使を始めたことに触れつつ、五味文彦は、実朝が手本としたのが後鳥羽院であり、和歌・管絃に親しんだのもこの統治者の道に他ならなかったという[6]。例えば建保四年（一二一六）政所別当が五人から九人に増員されるが、増員された四人は源氏一門の源頼茂・源惟信・源仲章（実朝の学問の師）、そして大江広元であった。これは将軍親政の立て直しとみられている[7]。大江広元は執権と将軍との対立を調停しつつ幕府の発展に生涯をかけた廷臣である。将軍親政は実朝を支えた侍所別当和田義盛の滅亡と実朝自身の非業の最期により、決定的な打撃を受けたが、以後の将軍も決して無力ではなかった。歴代将軍は能力の及ぶ限り親政を目指したのである。結果的にはそれが将軍更迭の因となったのであるが、一般によく言われているように将軍が傀儡になったわけではない。

例えば将軍側近の人選や鶴岡八幡宮参詣や二所詣の供奉の武士の人事権は原則として将軍自身にあったことは、宗尊親王の事績に見えている。任命権に限ってみれば、守護・地頭の任命権は将軍にある。地頭の任命を含めて領地を給付する権限は将軍にあり、その見返りに武家は将軍に忠誠を尽くさなければならない。この給付と忠誠という、将軍と御家人との堅い関係が幕府権力の中軸に他ならない。

近代の概念である司法・立法・行政の三分野を併せ持つ幕府権力のうち、将軍頼経がどこまで関与したかわからないが、頼経の時代に成立した貞永式目という武家の基本律法は、泰時を中心とする評定衆の意思決定であり、司法に関する要素が多い。近藤成一によれば、将軍は給付と忠誠という関係から生ずる御家人の保護という義務に縛られて訴訟の親裁は馴染まず、臣下に移譲されるようになったとする。この発言は、専ら所領の恩給・安堵に用いられ下文と訴訟の裁許を内容とする下知文の違いについての論の中で展開されたものであるが、その下知状に署名する立場として、執権の地位が成立し、この地位を拠り所として北条氏が権勢を拡大していったと述べている。(8)

忠誠と給付という将軍と御家人との基本軸の周辺には様々な経緯があったに違いない。謀叛はその基本軸のゆがみであり、御家人の規則違反や怠慢もまた然りである。領地の没収などは、将軍と違反者との間に築かれていた基本軸の解消であるが、そこまでに至らぬ場合はかなり恣意的な裁定がされたようである。例えば、第一章第5節に取り上げた、実朝の「無双の近仕」で、格別に信頼された東重胤が休暇を得て下総に帰り、期限を過ぎても出仕しなかったという建永元年（一二〇六）の事件は、和歌の功によって許されるなど、恣意的で法治ではなく人治である。このようなわがままな人治の気合いが実朝に残存していなければ、動かぬ巨大な船を由比ヶ浜に曝すような奇観は生じなかったはずである。

将軍家の政治権力が執権の手に移っても、発行される下文などの書類は将軍の命の形式を取っているために、残された記録からは将軍の権力がどの程度将軍の掌に残されているか、判断は難しいが、少なくとも将軍がつんぼ桟敷に置かれていたのでないことは、例えば上に取り上げた泰時の仁治二年（一二四一）三月一六日の詠歌に伴う記事に、「今日評定あり。事終りて前武州（泰時―筆者注）事書を持参し、御前に被覧せらるるの後、人々退散す。前武州なほ評定所に還り著き、云々」とあることによって明らかである。おそらく評定の結果は将軍の決済を得なければ発効しなかったと思われる。事と次第では将軍の意向を聞く使者が立ったかもしれない。あるいは将軍の意向に沿うような裁定になるように配慮する知恵が働いていたと考えられる。執権も将軍との対立は極力避けたはずである。

宗尊親王が供奉の人選をしたことは、祭祀や儀礼が将軍の専権事項であることを示している。行列の供奉は祭祀や儀礼の重要な部分である。神は筋目正しきものによって、筋目正しく祀られることによって鎮まるもので、間違うと祟るのである。幕府の精神的支柱である鶴岡八幡宮の恒例の祭りの祭祀権はいうまでもなく将軍にあり、二所詣はもちろん御所で営まれる神事や儀礼も主役は将軍である。将軍に求められるもっとも重要なことは、先ず将軍自身の健やかさであり、円満な家族関係である。それは無事に祭祀儀礼を滞りなく営んでいく基礎的条件である。

滞りなく祭祀・儀礼が営まれることによって神祇や仏法の加護が得られ、天下の秩序がもたらされる。従って将軍家は健やかにして祭祀・儀礼を実修すれば、存在意義のあらかたは満たしたことになる。

将軍も生身の存在であるから当然病から逃れることはできず、家庭内での対立も生じる。将軍という権力の軸が揺らげば社会の秩序も乱れていく。頼経もどちらかといえば蒲柳の質であったが、宗尊親王に至ってはどれほど幕臣たちの気をもませたかしれない。病平癒の祈願や経典の誦読などの記録で『吾妻鏡』は多くの紙幅を費やしている。幕府の危機だからである。親王が将軍職を追われるに至った経緯には権力の複雑な縺れが絡んでいたようで、依然として謎が多いが、親王と御息所の対立が契機となっていたことは否定できない。将軍家内部の対立は側近の乱れを生み、それが波紋のように広がって、鎌倉全体が騒然とする事態に発展する。

8　将軍頼経の場合

幕府の権力は、将軍の存在とその滞りなき祭祀・儀礼の実修によって支えられる。政教分離が当然と思われている現代の感覚からすれば、政治権力のあらかたを執権の宰領する権力機構に委ねた将軍は、形骸に過ぎないように感じられる。しかし当時は神祇や仏法は現実的な力を持っていた。将軍は決して飾り雛ではありえなかった。

もとより将軍は神ではなく人であるから、その人間性によって政権のカラーは変化する。頼経は源氏嫡流の血をわずかに引くといえども幕府の創業者の子孫ではなく、武家の出ですらない。しかし出自の身分は源氏将軍を圧倒する。頼家は数え年三歳から未来の将軍として傅育された。実質的には生まれながらの将軍である。その上頼家の女の竹の御所を娶ること、つまりは頼家の聟に座ることで、祭祀・儀礼をつかさどる〈筋目正しきもの〉となった。しかし頼経を動かしたのは何よりも摂関家の血ではなかったか。

頼経は嘉禎四年（一二三八）一月上洛する。頼経にとっては実質的に初めて見る都である。時に頼経二一歳の若者であった。供奉した笠間時朝の歌が家集『前長門守時朝入京田舎打聞集』（以下、時朝集と略称する）に伝えられている。

嘉禎三年の春の頃京へ上りけるに、ふじやまを見侍りて
雲のうへにたちかさねたる春霞いづれかふじのけぶりなるらん　（時朝集一八）
嘉禎三年の頃、鎌倉前大納言上洛之時、供奉し侍りけるに、はまなの橋にてよみ侍りける
たちわたるはまなの橋のあさがすみみてすぎがたし春の気色は　（同一三二）

詞書の「嘉禎三年」は「四年」の誤り。止宿先の宴などで披露されたものかもしれない。藤原時朝は蓮生の弟の塩谷朝業の次男。宇都宮歌壇の中心人物として活躍し、続後撰集以下の勅撰集に三首採られる。将軍家の公的行事に数多く供奉して頭角を現し、検非違使に任じられ、従五位上、長門守に至る。

この上洛は頼経の藤原氏の血を湧き立たせた。頼経は真っ先に外祖父の公経第を訪れ、次に父の道家に会う。幼児であった頼経に父や祖父の俤が刻まれていたとは思えない。実質的には親族との初めての出会いであり、感涙に袖を濡らしたことであろう。次の日頼経は晴れて参内する。わずか八歳の四条天皇に拝謁するが、頼経にとっては初めて知る宮廷の絢爛たる世界であった。将軍の血を滾らせたのは、そのような豪華な世界を統べてきた摂関家の尊厳であったに違いない。

竹の御所の墓（妙本寺）

六月には諸将士を随えて春日社に参詣する。最初の参詣が春日社であり、石清水参詣が翌月であったことは、頼経の心を象徴している。将軍であるよりも摂関家の嫡流である意識が上回っていたと思われる。八月には二度目の春日社参詣となり、その折には『一切経』を供養している。鎌倉帰還に先立ち再度参内し、祖父・父とも会い、一〇月に鎌倉に着いた頼経は、以前の頼経ではなかった。幕臣たちはひと回り大きく成長した将軍家を見たはずである。すでに四年前、懐妊していた竹の御所を母子ともに失い、源氏嫡流との縁を失っていた頼経は、上洛によって得られた摂関家の意識を将軍職に持ち込もうとするようになったものと思う。つまりは鎌倉幕府を政治的に統べようという意識である。

そうした頼経の心の内は若き側近たちに敏感に伝わった。名越光時や有力御家人である三浦泰村などの側近たちが反得宗的勢力を形成し始めた。頼経も二七歳になり影響力を増すに及び、危険を感じた執権経時との関係が抜き差しならないものとなった。寛元二年（一二四四）四月二八日、朝廷は頼経の将軍職を罷免、わずか六歳の嗣子頼嗣を右近少将に任じ、征夷大将軍と為し従五位上に叙した。『吾妻鏡』は、頼経が天変によりにわかに譲位を思い立ち、自ら急使の使者盛時を遣わしてこの意志を奏請したとする。盛時は名越光時の次男である。

通説では執権経時の処断であろうというが、このままでは兵乱が避けられないと判断した頼経の、事態を収拾するための苦渋の決断であった考えるのが自然だと思う。頼経が「大殿」「前大納言家」と尊称されて鎌倉に留まったことも、そのように捉えなければ説明できない。朝廷から宣旨が鎌倉に届いたのは五月五日であるが、その夜幕府は端午和歌会を開いている。

主催者は表向き新将軍であろうが、実質的には頼経の宰領と思われる。一一日には頼経臨席の宴会が開かれる。頼嗣将軍就任の宴であろうが、不思議に頼経失脚の雰囲気は見られない。頼経はそのまま鎌倉に在住して、翌年久遠寿量院にて出家するも依然として反得宗勢力の求心力であり続けたため、遂に寛元四年（一二四六）七月経時から執権職を引き継いだ時頼によって京に送還された。いわゆる宮騒動といわれる政変である。

この政変はそれにとどまらず、宝治元年（一二四七）、頼経の将軍復帰を願う三浦光村や兄で三浦の当主泰村と執権時頼・安達景盛との対立を引き起こし、激しい合戦の末三浦氏の滅亡に至った。宝治合戦といわれるこの事件を契機に、得宗家の権力が強化され、合議制から執権による独裁制の色合いを強めたといわれている。

9　頼経大殿時代の和歌

頼経の「大殿」時代は寛元二年（一二四四）から二年余り続くが、その間頼経宅で和歌会が催されたようである。後藤基隆が「早秋」題を詠んでいる。

前大納言頼経家にて、早秋の心をよみ侍りける

藤原基隆

彦星の妻まつ秋もめぐりきて行あひのわせはほに出でにけり　（続後拾集二四五）

「行きあひのわせ」は『万葉集』の「をとめらに行あひの早稲を刈る時に」（万葉集二一一七）に拠る。「行きあひ」は夏と秋が行き交う季節の意。なんの外連味もなく、無事稲穂の出るめでたさを詠みあげている。後藤基隆は基綱男、基政の弟、いずれも詠歌に優れた勅撰集歌人である。基隆は上に挙げた頼嗣が将軍職を継いだ直後の五月一一日、頼経も臨席して開催された将軍家での酒宴において、結城朝広・三浦光村・二階堂行方らとともに、「猿楽」を弄んでいる。執権経時、時頼揃って参上しており、ひとまず危機は回避されたことになる。御所を出た頼経の家にはかつての近臣たちが集っていたことが想像される。

他方経時の身には不運が襲っていた。次の年の九月、正室の宇都宮泰綱の女が僅か一五歳で逝去。この若き女の不幸にかかわって父の泰綱、祖父の蓮生、蓮生の甥の時朝がそれぞれ次のような歌を詠んでいる。

武蔵守平経時の室身まかりにけるころ　蓮生法師
誰よりも心やすしと思ひしはまさるなげきのふかきなりけり　（新和歌集四六八）
武蔵守平経時の亡室の墓所へまうでて、それより尾羽といふ山寺へまかりける道にて

見し人のすみける宿をゆきすぎてたづぬるやまは秋のゆふぐれ　（同八〇〇）

蓮生法師

武蔵守平経時の室身まかりにける中陰にこもりて、長月十三夜に雨のふりけるに、人のもとへ申しつかはしける

藤原時朝

ものおもふ此さとばかりかきくれてほかにや月のさやけかるらん　（同四七六）

武蔵守平経時の室身まかりにけるころ　藤原泰綱

ゆめとのみ思ひてだにもなぐさまじみしおもかげのうつつならずは　（同四八九）

三首目の詞書の中陰にこもるとは喪に服すこと、正室の身内ばかりで経時の歌は伝わらないが、時朝の歌は経時へ送ったものと思われる。身を切るような悲痛な思いに身内の人たちを陥らせた妻の後を追うように、経時は翌年の閏四月二三歳で世を去った。時朝には、上にも引用した家集、時朝集がある。それには「鎌倉入道前大納言家」（頼経）での和歌会で詠んだ歌が三首伝えられている。

鎌倉入道前大納言家にて、旅歌各よみ侍りける時

いそげどもゆふひさきだつやまもとのなほ里とほきのぢのしのはら　（時朝集三三）

鎌倉入道前大納言家御会に、暮春残花
おのづから花はこずゑにおこれども春のひかずはとまらざりけり　（同九五）
鎌倉入道前大納言家御会に、深山月
いはねふかみかさなる山のおくまでもすみける物はあきのよの月　（同一〇六）

一度の「御会」であったのか、成立期も不明ながら、頼経の大殿時代の和歌会の可能性がある。もっとも「鎌倉入道前大納言」という呼び方は、頼経帰洛後でも可能である。時朝は仁治二年（一二四〇）検非違使を勤め、仁治三年後嵯峨天皇の大嘗会に供奉役人となるなどしばしば鎌倉と京を行き来しており、頼経の大殿の時代に鎌倉に在住していたかどうかははっきりしない。確かなことはわからないが、大殿時代の可能性は十分ありうると思われる。

頼経の和歌に関することで、特筆すべきは、寛元元年（一二四三）、『源氏物語』の研究者である源親行に『万葉集』の校訂を命じたことである。鎌倉御所には実朝に献じられた御子左家本やその他の伝本が伝えられていたと想像される。多くは端本や断簡であったと思われる。校本とは諸本から最も信頼できる本文を選定し、それを底本として、他本における文字や訓みの違いなどを注記したものである。信頼できるテキストがあってはじめて鑑賞や研究が可能となる。古典享受の根拠となるのが校本である。校訂を命ずる背景には鎌倉において『万葉集』への憧憬が根強くあったからだと思われる。かくして親行本とでもいうべき万葉の校訂本が成立するが、寛元四年（一二四六）正月、同じ命が権律師仙覚に下される。親行本を含めて仙覚は披見できた限りの伝本を校合して、翌五年二月に校了している。仙覚は竹の御所の追善供養の新釈迦堂の僧で、『万葉集』の碩学として知られていたらしい。仙覚の校訂はその後さらに仙覚自身によって継続され、今日最も信頼のおかれる西本願寺本の元になった。頼経の命がなければ、『万葉集』は不完全な形で伝わったかもしれない。仙覚の功績は計り知れないが、その契機となった頼経の識見は見過ごすことができない。ただし、頼経は仙覚の校本を披見することなく、京へ追いやられてしまった。痛恨の極みであったに違いない。

10　頼嗣の和歌会

頼嗣が六歳で将軍となった日の寛元二年（一二四四）五月五日の端午の和歌会を初めに、職を解かれた一四歳の建長四年（一二五二）の八年間に開かれた和歌会は、左記の如くである。

寛元二年（一二四四）五月五日
御所において和歌の御会あり。端午の節を賞せしめたまふか。源式部大夫親行・能登前司光村・伊賀式部大夫入道光西等参候

宝治元年（一二四七）九月九日
　諸人菊を献ず。おのおの和歌を副ふるところなり。ことごとく幕府北面の小庭に植えらる
宝治二年五月五日
　御所にて和歌会。左親衛時頼参上
宝治二年九月二九日
建長二年（一二五〇）七月
　頼嗣、泉殿に臨み、時頼、重時、評定衆など参会して飲宴し、連歌白拍了猿楽などの遊び
を行う
建長三年二月二四日
　北条政村第において三百六十首継歌を行う
　御所にて詩歌会。九月尽を惜しむ

　右が記録に残る全てである。寛元二年の端午の和歌会に名が知られる三人はいずれも頼嗣の和歌会のメンバーである。宝治元年の行事は重陽の節の雅な趣向である。誰の発案か知られず、参加者も分らないが、詠歌が伴うので、頼経時代の和歌の行事に名を連ねた多くの歌人が登場したと思われる。この年の五月、時頼の妹で頼嗣の室となっていた桧皮姫が没し、六月には宝

治合戦で三浦一門が戦死するという大事件があった。翌年宝治二年の端午の節と長月尽、いずれも恒例の儀礼に伴う和歌会ないしは詩歌会である。恒例であるから記述の省略を考えなければならないが、将軍在位八年間で五例の記述はあまりにも少ない。建長三年の政村第における三百六十首継歌には頼嗣の臨席はなく、鎌倉歌壇を代表する歌人政村の、風流才子を招いての興行であろう。継歌とは歌題を探題によって分け取り、引き当てた題に従って詠歌する形式の歌会。詠歌した短冊を組み題に従って継ぎあわすことから継歌と言ったらしい。三十首あたりから千首くらいまである。好事家の間では格好の歌会様式である。

わずか六歳の元服はあまりにも幼い初冠《ういこうぶり》である。詠歌など無縁の童《わらべ》に過ぎず、和歌会主宰者の座に坐らされた姿は痛々しい。宝治元年の九歳が坐してもさして変わるとは思えない。ただ実質的な宰領者に人材は事欠かなかった。頼嗣は黙って坐ってさえいればよかったのである。

ただ将軍家としてはそうはいかなかった。将軍家は飾り雛では意味をなさないのである。執権時頼にとって最大の課題の一つは、頼嗣が武家の棟梁としての権威を身に付けることである。『吾妻鏡』や『続本朝通鑑』によれば、建長二年（一二五〇）二月二六日、時頼は頼嗣に勧めて文学武術の講習せしめ、師範を選んで左右に侍さしめ、俊秀の子弟を選んで学侶としたという。また、同年六月二〇日には、頼嗣は清原教隆をして『帝範』を講ぜしめたという。

頼嗣は摂関家の出に相応しく聡明な少年であったようである。しかし歴代将軍の中で最も影の薄い存在のようにみえる。建長四年（一二五二）二月二〇日、幕府は将軍頼嗣を廃し、三品宗尊親王を迎立せんと欲し、引付衆二階堂行方・武藤景頼を京に遣して上皇に奏請させた。頼嗣に非があったわけではなく、前年の一二月二六日の事件に九条道家が絡んでいることを疑われたことに起因するらしい。事件というのは、幕府が謀反の嫌疑で僧了行（良行）・矢作左何某・長久連等などを捕えて配流や死罪に処したことである（『吾妻鏡』『保暦間記』など）。これにより鎌倉の人心「恂擾」し、一〇日後の翌年正月七日には、鎌倉「騒動し、諸士武装して、幕府及び執権第に群参す」（『吾妻鏡』）という危機的状況を呈した。

このような事態を招いた要因は、頼嗣の将軍としての権威の希薄さにあったとみられる。父の頼経の擁立がすでに次善の策であり、頼嗣はその次の世代であるからその分、摂関家の権威から遠ざかり、あまりにも若すぎて、個人としての人間性も未だ未熟であった。その上摂関家道家の執権への反発が背後に渦巻いていた。

三浦氏を亡ぼしたことでもはや北条氏に対抗できる勢力はなくなり、時頼は絶大な権力を掌中にした。しかしだからといって将軍家は権威のない飾り雛であってもよいわけではなかった。政治権力はそれを支える権威あってこそ成立する。尊貴な血筋から遥かに遠ざかった一平氏の北条氏自身に権威が備わろうはずはない。北条氏は権力の代行者に過ぎない。従って北条氏には崇高にして揺るぎない権威を帯びた将軍家が必要であった。この権威と権力の絶妙なバランスが、統治のエネルギーには他ならない。

権威が揺らげば当然権力に緩みが生じ、権力の緩みは秩序の混乱と権力闘争を生み出す。鎌倉幕府が深刻な権力闘争を繰返してきたのは、将軍家にそれを許さぬ絶対的権威がなかったことによる。強力な権力を獲得した時頼がそれを維持するためには、将軍頼嗣は脆弱でありすぎたのである。

時頼は頼嗣に将軍家としての成長を期待して、いわゆる帝王学を学ばせ、頼嗣もまたこれに応えて努力を重ねたことと思う。しかし僧了行事件をきっかけに時頼は遂に頼嗣を見限った。

注

（1）上横手雅敬『北条泰時』吉川弘文館　一九五八年一一月
（2）永井晋一『金沢貞顕』吉川弘文館　二〇〇三年七月
（3）渡邊晴美『鎌倉幕府北条氏一門の研究』汲古書院　二〇一五年二月
（4）谷知子・平野多恵校注『和歌文学大系60　秋篠月清集・明恵上人歌集』明治書院　二〇一三年一二月
（5）注1に同じ
（6）五味文彦『増補吾妻鏡の方法　事実と神話にみる中世』吉川弘文館　二〇〇〇年一一月

（7）上杉和彦『大江広元』吉川弘文館　二〇〇五年五月
（8）近藤成一「中世前期の政治秩序」歴史研究会・日本史研究会編『中世の形成』東京大学出版会　二〇〇四年七月

第三章　歌人将軍宗尊親王の時代と和歌

1　宗尊親王の擁立

時頼がかねてから望んでいたのは皇族将軍の擁立であったと考えられる。かつて北条政子や義時が後鳥羽院の皇子を将軍として迎えようとしたことがあった。なぜ皇子をと望んだのか。「頼朝の遺徳を背負って、武士たちの間に伝統的な権威をもつところの源家の将軍」より「将軍をロボット化」し易く、執権が武士階級を統括し得ると考えられたという見方があるが(1)、頼朝が以仁王をかついで武家政権をつくったという、その建前の再現であるとも言われている(2)。基本的にはその方向で理解すべきであろう。親王は源氏将軍を超える唯一の、絶対的な権威である。天皇を鎌倉に据えることができない以上、究極の権威は皇子にしかない。承久の乱の勝利によって、皇位の継承にまで容喙する権力を獲得した幕府に、皇族将軍擁立を実現する環境は整っていた。

かくして後嵯峨院の第一皇子である宗尊親王の擁立が実現した。皇族将軍は政子以来の北条氏の悲願であった。後嵯峨院は、承久の乱の折に中立にあった土御門院の皇子の邦仁王である。後鳥羽院の系統を忌避して立てられた後高倉院の皇統が絶えた時、九条道家等公卿たちの反対を押し切って、幕府によって擁立された天皇である。

院の皇子宗尊親王が第一皇子でありながら、父帝の次に皇位を践《ふ》んだのは、西園寺実氏女の中宮姞子所生の久仁親王（後深草天皇）、次いで恒仁親王（亀山天皇）であった。宗尊親王の母は平棟基女の平棟子であり、摂関家を凌ぐほどの西園寺家に抗しようがなかった。しかし棟子は絶世の美人で後嵯峨院の寵愛ひとかたならず、後に累進して従一位准后（太皇太后・皇太后・皇后の三后に准ずる位）に至る。天皇は棟子所生のこの第一皇子をこよなく愛し、親王の着袴・御書始などの節目の儀式などを、中宮所生の親王に劣らず営んだため、皇太子に立てられるのではと西園寺家に不安を抱かせた。

宗尊の置かれている状況は、『源氏物語』の桐壺の巻に似ている。故に当時の宮廷人たちに光源氏の再来かと思わせた。宗尊はまさに優れた器量に恵まれた光り輝く皇子であった。後嵯峨院はこの皇子の将来を思い、後高倉院の領地を伝領する式乾門院利子内親王の養子にするなど心を配ったが、帝に為し得ないのはやはり不憫であったらしい。

宗尊を将軍にという幕府の要請は僭上の振舞いであったかもしれず、皇子の将来を拓くものと受け止められたかもしれないが、いずれにしろ朝廷には拒否する力はなかった。後嵯峨院の心の内はわからないが、皇子の将来への不安がひとまずは振り払われたことになる。

皇子と摂関家の子とでは次元が異なる。摂関家はどこまでいっても臣下に過ぎないが、皇子の権威は天皇に準ずる。幕府はこれ以上は望めない将軍を頂くことになった。鎌倉はこの光り輝く皇子を憧憬と崇敬の念で迎えることとなった。皇子が関東祗候の廷臣や女房をはじめ警護の武士たちを伴って鎌倉に到着した日、都へ追いやられる元将軍頼嗣の寂しい姿があった。建長四年（一二五二）四月一日、宗尊親王一一歳の初夏であった。

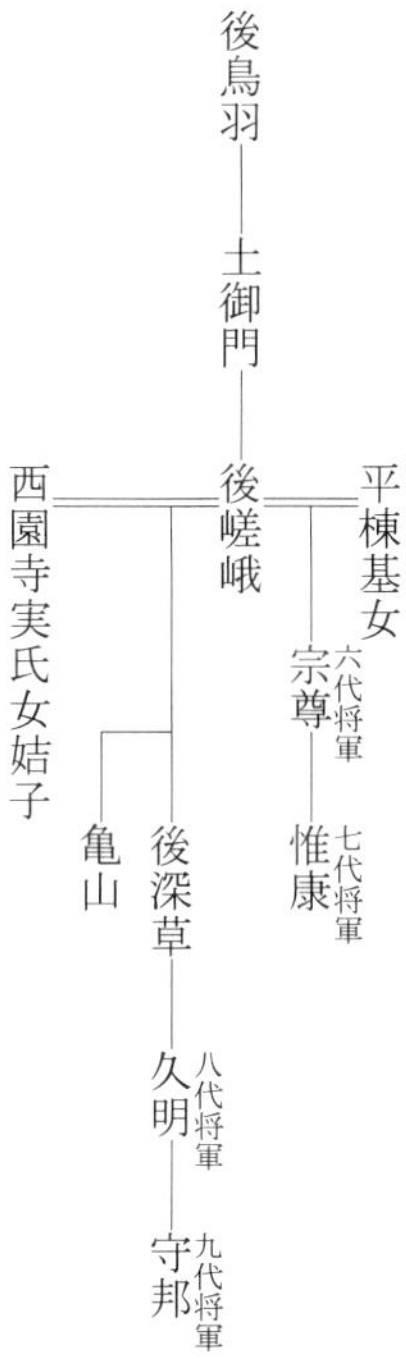

宗尊親王の著しい特質は優れた歌人であったことである。和歌に堪能なる鎌倉将軍といえば先ずは実朝であろう。しかし歌人将軍の双璧でありながら両者の歌人としての在り方は全く異なっている。実朝にとっての和歌は宮廷文化への憧れという個人的な情熱に貫かれており、周囲にある程度の同好の士を集めはしたが、未だ歌壇といえるほどの文化圏を形成するに至らなかった。和歌が御家人必須の教養として浸透していなかった。都から招いた将軍という事情もあって、四代将軍頼経の頃は公家文化が鎌倉にようやく根付いた時代である。飛鳥井雅経や源光行・親行父子などの関東祗候の廷臣の指導がようやく実を結んだ時代であり、和歌が御家人

たちの間に広がっていき、北条氏の中からも勅撰集歌人が輩出するようになった。

鎌倉幕府草創期からの最も有力な三浦氏を滅ぼして（宝治合戦）、北条氏に対抗できる御家人がほとんど姿を消した、宗尊親王将軍と執権時頼の政権は、華やかで安定した時代を現出させた。類まれな和歌の才能を発揮した将軍に対して、本書序章に取り上げたように、将軍御所が「非職才芸」に流れることを諫めた時頼は歌わぬ執権であった。

左車神社（藤枝市）
藤枝市の照光院（現在の成田山神護寺）の縁起によれば、鎌倉に下向の折、藤枝の宿まで来た時、車の左車が壊れ、修理の間親王は照光院で休息、その縁で照光院は左車山休息時と改称、地名も左車となった。壊れた車輪は村人が境内の一角に埋め、「御車様」とあがめ、左車神社として祀ったという。

武家の「職」とはいうまでもなく武芸である。武という命をやり取りする技を家業とする武士は、死に立ち向かう精神の冴えを常住坐臥に据えて生きなければならない。弱い心を克服する手立てを何に求めるかは個人の資質による。「非職才芸」に娯楽性のあることは否定できないが、特に和歌における美的世界の創造には高度な精神の錬磨を要する。その厳しさは弓馬の技の習得といささかの径庭もない。時頼は将軍家を中心に展開する和歌の隆盛を、穏やかに受け止めつつ心の安寧を仏教に求めたようである。道元をはじめ、蘭渓道隆・兀庵普寧、さらに叡尊などに帰依し、特定の宗派にこだわらず求道の心を持ちつづけた。蘭渓道隆を開山として建長寺を創建、謎の深い鎌倉大仏であるが、その造顕や浄光明寺の創建にも関わったと言われる。時頼は特に禅を重んじたが、高橋慎一朗は諸説をまとめる形で、時頼が禅に求めたものが、儒教的教養と、精神の平安としての禅の悟りであるという(3)。

時頼といえば、謡曲『鉢木』に見られる廻国伝説が知られている。その虚実に関しては多くの見解があるが、伝説発生の契機の一つを民の窮状を問う「苦問使」の派遣に見る佐々木馨の論考が注目される(4)。時頼の廻国伝説は、時頼が庶民の間でも敬愛された為政者であることを物語る。これもある種の神話である。廻国は土地を祝福して国を立ち上げる神の巡行神話の一つの型である。これを神祇的な神話であるとすれば、仏の座像の姿で大往生を遂げたという時頼臨終伝説は仏教の側からの神話化といえよう。神話は権力者のカリスマ性を醸成する。執権というより得宗の座に在る者は、時頼のみならず総じて傑物である。他の御家人と比して決して尊貴な血脈ではなかった北条氏が、鎌倉時代を通して権勢を保ち続けたのは、得宗家の優れた識見と人間性に負うところが大きいと考えられる。

将軍と執権による異なる個性の相補関係によって、鎌倉はかつてない平穏で華やかな時代を迎えたといえよう。

2　鎌倉歌壇の隆盛

宗尊親王は鎌倉の中心に大輪の公家文化の華を咲かせた将軍である。親王自身、目を見張るほどの旺盛な詠歌に明け暮れるが、その周囲にはどのような歌人が集ったのだろうか。先ずは『吾妻鏡』に記録された和歌の行事を採りあげよう。左記の如くである。

1　建長五年（一二五三）五月五日　御所にて和歌会
2　康元元年（一二五六）五月五日　御所内々和歌会
3　同年七月一七日　時頼御亭にて和歌会
4　正嘉二年（一二五八）七月一五日　御所にて和歌会
5　同年九月二九日　九月尽　当座和歌会
6　正元二年（一二六〇）一月二〇日　歌道・蹴鞠・管絃・祐筆・弓馬・郢曲以下一芸ある昼番衆
7　文応二年（一二六一）一月二六日　和歌会始
8　弘長元年（一二六一〈二月二〇日改元〉）三月二五日　歌仙により近習を結番

9　同元年五月五日　御所和歌会　紙屋河二位顕氏・光俊・時広・陸奥佐近大夫将監（義政）・後藤壱岐前司基政

10　同年七月二二日　後藤基政に関東近古の詠を撰進せしむ

11　弘長三年（一二六三）二月二日　当座の和歌御会　臨時の儀であったが、政村を参上させて暁更に及ぶ

12　同年八月七日　御所にて五十首歌合　衆議判　九日　衆議判終わる　連歌

13　文永三年（一二六六）三月三〇日　当座和歌会　二条左兵衛督教定・宮内卿入道禅恵・遠江前司時直・越前前司時広・右馬助時範・周防判官忠景・若宮大僧正（隆弁）

宗尊親王が鎌倉に下着して一年あまり経った、初めての和歌の行事である1の建長五年（一二五三）五月五日の端午の和歌会から、5の正嘉二年九月尽の当座和歌会までは間隔があいており、特に和歌が盛んであった様子は見られず、参加者の顔触れも不明だが、6以降は和歌の行事が記録の上でも隆盛を迎える。6の、歌道・蹴鞠・管絃・祐筆・弓馬・郢曲以下一芸あるものを昼番衆に組織した正元二年（一二六〇）は、親王一八歳、鎌倉歌壇の中軸に坐るに十分な自覚を持ち得る年頃である。以降親王の詠歌への情熱は凄まじい。1と2の間の建長六年一二月一八日には、源親行が『源氏物語』を進講しており、3と4の間の康元元年（一二五七）

一一月ごろ真観が関東へ下向し、五日には鹿島社参詣へ向かうという注目すべき出来事があった（夫木抄）。真観は親王の師の一人であり、鎌倉歌壇に大きな足跡を残した歌人である。

6の正元二年（一二六〇）正月廿日に組織した昼番衆の諸芸はいずれも武家の修むべき「芸」であろうが、公家文化に関わるものを筆頭に置いたところに親王将軍の志が表れている。この年の暮に真観鎌倉下着。一二月二一日、「入道左大弁禅門下着。当世の歌仙」とあり、二三日の条には「和歌の興行盛なり」と記されている（『吾妻鏡』）。

7の文応二年（一二六一）一月二六日の和歌会始は歌合であったらしく、題と読師は紙屋河二位顕氏、講師は中御門侍従宗世朝臣で、参加者は、大弁真観・相州政村・武州長時・越前前司北条時広・左近大夫将監北条義政・壱岐前司後藤基政・掃部助安倍範元・鎌田次郎左衛門尉行俊である。読師の顕氏は直衣、真観は出家者の裘袋、他は式服の布衣という服飾で営まれた。和歌会が厳粛な儀礼であったことを示す。

顕氏は顕家男、六条家の歌人で関東祗候の廷臣としては最も高位の公卿で鎌倉歌壇を代表する歌人の一人である。家集『顕氏集』を遺している。この家集については中川博夫の詳細な注と研究がある(5)。宗世は康元二年（一二五七　正嘉元年）三月鶴岡八幡宮参詣に供奉した七殿上人の一人で、師実系の従四下中将宗国男か（『尊卑分脈』）。政村はすでに北条氏の長老的な存在で、若い執権長時を補佐する幕府の重鎮である。時広は時房の男、北条氏で唯一家集を遺した、親王側近の代表歌人である。

義政は重時の男。時宗の時代、死去した政村の後を受けて連署となり、時宗を支えたが、やがて信濃国塩田庄に隠遁したことから、以後義政は塩田氏を称した。子息の時春（時治）・国時はともに勅撰集歌人。

基政は頼経時代に活躍した基綱男。親王から絶大な信頼を寄せられた有力歌人で、定家の弟子でもあった。若いころ詠み溜めた歌稿を定家に送った際「包み紙」に書き記したという歌が伝えられている（新後撰集一三八五）。

掃部助安倍範元は幕府の陰陽師だが、能筆家でもあったらしく親王の詠作の清書を仰せつかるなど、親王側近として親しく仕えた。後に出家して二条為家・為氏と交流を持ち、歌書『寂恵法師文』を記している。鎌田行俊は頼朝の扈従であった鎌田俊長の子孫かといわれる。(6)

8の弘長元年（一二六一）三月二五日では次のような歌仙により近習を結番している。関東祇候の廷臣冷泉侍従隆茂（千載集の歌人冷泉隆房の流れで隆兼の男）、持明院少将基盛（持明院家定男）と名越流時章男の時通、それに7に参加した時広・後藤基政・安倍範元・鎌田次郎行俊などである。

9の弘長元年（一二六一）五月五日の御所和歌会の参加者は、顕氏以下真観（光俊）・時広・陸奥佐近大夫将監（義政）・後藤基政である。義政は北条重時の男、勅撰集歌人である。

『吾妻鏡』は記さないが、この年の七月七日に歌合があり、内大臣基家の判辞がある。京の基家のもとに送り判を依頼したものである。この『宗尊親王百五十番歌合』は鎌倉御家人の詠を主にした鎌倉歌壇の貴重な史料である。

10の同弘長元年七月二二日、後藤基政に関東近古の詠を撰進させている。異論はあるがこれが『東撰和歌六帖』であろう。鎌倉歌壇の最も重要な成果で、後に採り上げる。

次の和歌会は11の弘長三年（一二六三）二月二日の当座の和歌御会。臨時の儀であるが政村を参上させ暁更に及んだという。10と11の間に、弘長元年九月の家百首（柳葉集）、同二年九月の百首題での百首、同年一〇月と一二月にそれぞれ百首（柳葉集）と親王自身の旺盛な活動が続くが、この時期に注目すべきは、基家に『三十六人大歌合』を撰ばせたことである。またこの年、為家の単独撰集の予定であった勅撰集（続古今）に撰者として反御子左家の基家・家良・行家・真観が加わるという、御子左家との対立の絡んだ出来事があった。基家は九条良経男、身分から言っても当代中央歌壇の長老的な存在であり、上に触れたように、『宗尊親王百五十番歌合』の判者であった。親王の師の一人である。

弘長三年二月二日の当座の会から六日後の二月八日、政村の常盤の第で一日千首探題歌会が催された。亭主の政村以下真観・俊嗣（真観男）・範元・証悟法師・良心法師等作者一七名、辰の刻（午前一〇時）に始め秉燭（夕方）前に終えて披講される。翌日真観がこれに合点をしてその結果を一〇日常盤亭にて披講。合点の員数を以って席次を決めたところ亭主の政村より範元が上席となった。無念がる政村を畏れ範元が席を立って逐電におよぶも、これを抑留して坐らせたという。点多き者はそれに応じて「懸物」を分かち、点無き者は座を縁側に設け、箸なしで膳の料理を食べさせたという。享楽を主目的にしたいわば賭け歌会であるが、合点者真観自身の作に最も多くの合点をしていることは真観の人柄を表している。押しの強さもあるが率直な人であったらしい。詠歌数は人によって異なり、真観一〇八首、亭主八〇首、俊嗣五〇首などに対し、範元の一〇〇首は真観に次ぐ。八日の披講は範元一人で役を勤めるなど、範元が鎌倉歌壇のリーダーの一人であったことを示している。なおこの催しは御所での厳粛な和歌会に対し、気の置けない歌人仲間の私的な会であり、それだけ和歌が鎌倉に根付いていたことを物語る。当然将軍家の姿は見えない。

この年（弘長三年）六月二五日親王は一夜百首を読み、翌二六日には『帝範』の談義を行っている。左京権大夫茂範・清原三河前司教隆が座に侍り、近衛中将公敦・北条時広が参候したという。茂範は『唐鏡』の著者で、定家が「当時壮年儒之中抜群之器量歟」（寛喜二年一月九日の条）と激賞した儒家。清原教隆は家学の明経道を継ぐ儒学者で、頼嗣、宗尊の侍講。また金沢実時の金沢文庫創設に多大な影響を与えたという。晩年は帰洛して大外記となった。近衛中将公敦は後に従三位参議に至る。徳大寺実能の流れ従三位参議実光の男と思われる（『尊卑分脈』）。

親王は和歌ばかりに耽溺したのではなく、世を統べる儒教的思想を学び、自らは学ばなかったものの武家の棟梁たるべく弓馬の技をも重視している。病弱ではあったが、志は決して脆弱ではなかった。

同年六月二五日の一夜百首は、三〇日に真観が合点、翌月五日には今年の詠歌の内三六〇首を清書、合点の為に為家に送り、さらに二三日には五〇〇首を二条教定に付して為家に送らせている。教定は上に触れたように飛鳥井雅経男で宗尊の歌鞠の師である。二九日には、建長五年（一二五四）から正嘉元年（一二五七）に至る詠歌を自撰した『初心愚草』を編むが、今日に伝わらない。

同年八月一日に親王が五首の題を下し雅有が奉行したのに引き続き、六日には素暹追善の七首の詠進の命を人々に下す。素暹が卒去の後、素暹が黄泉で苦しんでいるという夢のお告げがあって、罪滅のために素暹のよこした懐紙の裏に経典を書写したという。親王の御詠は左兵衛尉行長（二階堂）の名を用いたという。

12の同じく弘長三年（一二六三）の八月七日、御所での五十首歌合は衆議判で、参加者は知られない。衆議判は九日までかかった。判が終わってから連歌を楽しんでいる。さらに一一日、五十韻の連歌が催される。執筆に当ったのは範元で、参加者は教定（五句）・中務権少輔重教（一句）・侍従基長（三句）・遠江前司時直（五句）・右馬権助清時（四句）・河内前司親行（七句）・

武蔵五郎時忠（四句）・加賀入道親願（一句）・二階堂左衛門少尉行佐（二句）・鎌田左衛門尉行俊（一句）・惟宗左衛門尉忠景（四句）、最後の「御句」（八句）とあるのは宗尊親王の句。

　中務権少輔重教は幕府初期の大伴能直の子孫かと思われる。侍従基長は藤原保綱の男で後に正三位宮内卿に上った関東祗候の公家と思われる。時直は時房の男、清時は時直の男、共に勅撰集歌人である。武蔵五郎時忠は大仏流朝直男で改名して宣時、勅撰集歌人である。加賀入道親願は俗名佐分親清、重時の被官として活躍した。[7] 二階堂行佐は、評定衆、政所執事、などを歴任した行泰の男。鎌田行俊の出自ははっきりしない。この五十韻を翌日後藤基隆に合点させている。

　この八月には近侍の「をのこ」たちと探題百首を営んでおり（瓊玉集四三四）、「三代集詞にて読み侍りし百首歌」（柳葉集四〇四～四四九）を試みている。

　同年一一月二二時頼卒去。宗尊親王を押し立てて揺るぎない幕府政権を樹立した実力者も短命であった。享年三七歳。二四日、親王は哀傷歌一〇首を詠んで時頼を偲んだ。歌は伝わらなかったが、翌文永元年（一二六四）の春、時頼の墓所である最明寺の梅を奉られて次の歌を詠んでいる。

　　最明寺の旧跡なる梅の盛りなりける枝を人の奉りたりけるを御覧じて

心なきものなりながら墨染めに咲かぬもつらし宿の梅がえ　（瓊玉集四九八）

梅は無心にして美しい、その事がかえって恨めしいのである。親王は時頼にとっては掌中の珠であり、おおらかに包み込むと同時に、その尊貴な存在に忠誠の姿勢を取りつづけたように見える。武家たちにとって眩い存在である親王を、心底から敬う執権に叛逆など思いもよらぬことであろう。それはちょうど盧舎那仏の前に「三宝の奴」として額づき、仏への信仰を利用して天下の秩序を保とうとした聖武天皇に通じる統治の在り方のように思う。時頼逝去の翌年、後を追うように執権長時が卒去した際にも、時頼のことを思い合せながら哀傷歌を詠んでいる（瓊玉集四九九）。親王将軍に暗い翳りが兆した出来事である。

『柳葉和歌集』によれば文永元年（一二六四）六月一七日、百番自歌合（柳葉集四五〇〜五六二）を撰し、九月一三日六帖題和歌会を催し、一〇月には百首をなすなど、親王の詠歌への取り組みは更に熱を帯びてくる。この年には第一子惟康親王が誕生するなど、強力な庇護者を失うなかで、二十三歳に達した親王はそれなりに充実していた。一二月九日には真観に家集『瓊玉和歌集』を撰ばせている。

翌文永二年（一二六五）閏四月　三百六十首和歌（柳葉集六二七〜八五三）、一〇月七日に御所連歌会、一四日と一九日にも隆弁が百種の懸物を持参した御所連歌会が続く。前年に比べて和歌の行事はすくなく見えるが、この年には五十首歌合があり（夫木抄・中書王御詠）、二条教定・隆弁・公朝らが参加、真観が判者を勤めた。またこの年には三首歌合や家歌合もあった（夫木抄）。仙覚が『万葉集』の校本を献上したのもこの年であり、『柳葉和歌集』を自撰したのもこの年かと言われている。

13の文永三年（一二六六）三月三〇日の当座和歌会が鎌倉における最後の和歌の行事で、参加者は二条教定・宮内卿入道禅恵・時直・時広・時範・忠景・隆弁という顔ぶれであった。禅恵以外は常連の歌人たちである。

六代将軍宗尊親王時代の特色は、将軍家自身が傑出した歌人であった事、親王の家集や『東撰和歌六帖』という撰集や歌合などが伝えられていることによって、『吾妻鏡』に記載されなかった和歌関係の行事などが補え、鎌倉歌壇の実態が他の代より具体的に捉えられる事であった。宗尊将軍時代はまさに鎌倉歌壇の最盛期であり、それを導いたのはいうまでもなく将軍家であった。

親王にとってはたして和歌とは何だったのか。

あめつちをうごかす道と思ひしも昔なりけり大和ことの葉　　（竹風抄一一二一）

鎌倉を追われて後の悲嘆を詠んだものだが、「あめつちをうごかす道」とは『古今集』仮名序の理念であり、それは決して情緒的な和歌信仰ではなく親王が将軍として生きる切実な手段であった。「あめつちをうごかす」とは人を動かすことである。具体的には御家人たちの心を惹きつけ、主従の絆を結んでいくことである。和歌にはそれだけの力があった。それを行使する主体が輝く日の皇子であれば、その効果は計り知れない。そういう意味で和歌は極めて政治性の強いものであった。

親王は、和歌という宮廷文化の花を鎌倉に中心に咲かせること、鎌倉を香り高い文化の都市に発展させることが、世を統べる道と信じていたと思う。もとより親王は諸芸の中心に和歌を置きはしたが、和歌にばかりかまけていたわけではない。将軍の責務は多岐にわたる。流鏑馬や笠懸などの兵馬の行事も主催し、臨席しての「御覧」も将軍家の重要な務めであるが、親王はそうした弓馬の「芸」にも興味を注いだようである。

3　宗尊親王の挫折

北条氏の悲願であった皇族将軍の宗尊親王はなぜ挫折したのだろうか。『吾妻鏡』『外記日記』などにその経緯が記されているが、真相は依然として定かではない。事件の発端は文永三年（一二六六）三月六日、親王がひそかに側近の藤原親家を上洛させたことである。親王の正室の近衛宰子と将軍の護持僧であった僧正良基との密通があったらしく、その対処に困惑して、父後嵯峨院の指示を得るための使いであった。これは将軍家の家庭の問題であるだけに、解決するには将軍家の親族に頼る他はない。鎌倉でその任に堪えられるのは、宰子を猶子として親王に輿入れさせた、表向き親王の岳父たる時頼を措いてはない。時頼亡き今、親王が頼れるのは都の後嵯峨院だけである。親家は六月五日に帰参、院から内々の諷諫が伝えられる。しかし事態は悪化の一途をたどり、六月二〇日には時宗邸で、時宗・政村・実時・泰盛が密議、その日良基が逃亡、二三日には宰子と姫宮の掄子は御所を出て山内殿へ、若宮の惟康は時宗亭へ、それぞれ入御するに及んで鎌倉は騒然とし、近国の御家人たちが馳せ参じるという非常事態となった。七月三日、時宗の使者が御所との間を三往復し、近臣の多くは御所を出ている。『吾妻鏡』は、この異常づくめの事態に「まづかくのごとき軍動く時、将軍家執権の亭に入御し、また然るべき人々営中に参じ、これを守護したてまつるべきか、今その儀なし。世もつてこれを怪しむ」と記している。発端が異例ならその後の展開も異常である。遂に翌四日、親王は勝円（時盛）の佐助邸に移ることとなった。名越教時が武装兵数一〇騎を率いて塔辻宿所に至るが、時宗に阻止されている。失意の親王が一五年君臨した鎌倉を去ったのは四日後の七月八日であった。

『北条九代記』や『増鏡』第七の「北野の雪」などはこの事件の原因を、和歌を通じて結ばれた側近たちの勢力の充実にあるとみており、『北条九代記』では時宗を討って将軍家親政を目指したとするが、得宗家にとって側近たちの勢力が油断ならないほど成長していたことは否定できない。真相は依然として謎であるが、基本的には次のようなことが考えられる。

上に述べたように、執権時頼と親王将軍との関係は、絶対的な権威とそれに保証された強力な権力であった。両者は相補関係にあり、単独では存立しえなかった。その時頼が病で引退を余儀なくされ、執権職が一時得宗家を離れ、長時、さらに政村に受け継がれたが、いずれも時頼の嫡男が成長するまでのつなぎであった。その間に権威と権力の絶妙なバランスに揺らぎが生じ始めていた。特に時宗の将軍家に対する立場は脆弱である。執権は将軍家初代から将軍に対して外戚またはそれに準ずる立場を取ってきた。そうした立場が権力を保つ拠り所でもある。時政は頼朝の岳父、義時・政子は頼家の叔父であり母であり、実朝も同様である。頼経の場合は養育者であり、正室の竹の御所は政子の孫に当たる。頼嗣の場合は執権経時の妹の桧皮姫が正室で、時頼は将軍の正室近衛宰子を猶子にして外戚の形をとった。つまり将軍に対して親族関係のおける上位の座を占めてきたのである。

時宗は将軍家に対して臣下でしかなかった。鎌倉下着の折には一一歳の初々しい少年であった親王は今や二五歳、押しも押されぬ颯爽たる青年将軍である。多くの御家人たちの崇敬の心を取り結んだ眩しい存在である。しかも親王は時宗の烏帽子親であり、時宗は親王の偏諱を与えられている。時宗がいかに決断力に富んだ俊英であっても未だ一六歳、とうてい将軍に太刀打ちできるものではなかった。とても執権に就任する力はない。

政治の安定は、執権の権力と将軍家の権威との絶妙なバランスによってもたらされる。執権政村は幕府の長老にして重鎮であったが、もとより親王の外戚ではない。時頼が築いた権力はとうてい時宗に担いきれるものではない。過剰な権力は行く場を失って暴走する。将軍家がそれを吸収して親政体制を採らない以上、秩序は崩壊しかねない。つまりは得宗家を頂点とする北条氏衰退の危機である。

御息所宰子の密通事件という、将軍家内部の揺らぎはきっかけに過ぎない。親王を頂く限り北条の天下はありえない。そのような危機に時宗は立たされていたことになる。時宗のそのような脆弱な立場は、竹の御所の死によって頼経の外戚的な地位を失ってからの執権泰時・経時に似たところがある。頼経を除く以外に北条氏の生きる方法はなかったのであろう。

時宗邸での「深秘御沙汰」は親王を除く密談に他ならない。後鳥羽院と違って親王の側から喧嘩を売ったわけではない。自衛上止む無く応じた兵革でもない。まことに重い禁忌の箍を北条氏は外したことになる。天照の神裔たる皇族の宗尊を除くとはそういう事なのである。親王の追放がもたらしたのは将軍家の衰退である。幕府の中軸たる将軍家の衰退はやがて幕府の崩壊を招くことになる。

事態はすでに宗尊、時宗という個人の領域を超えていた。歌わぬ時宗ではあったが、親王はこの若き俊英を愛していたようである。時宗の小笠懸の妙技に感嘆したこともあり（『吾妻鏡』弘長元年四月二一日）、御息所の「御懐孕」の忌によって鶴岡八幡宮の放生会に臨席できなくなった親王が、お忍びで時宗の桟敷に紛れ込んで流鏑馬を御覧になったことがあった（『吾妻鏡』文永二年八月一六日）。鶴岡八幡宮の放生会は、平家を滅ぼした滅罪のために石清水放生会を模して始まった、鎌倉という都市の祭礼として最も重要な祭祀と言われている(8)。流鏑馬は武家の都にふさわしい鶴岡八幡宮独自の神事である。通常であれば桟敷席で、将軍家以下庶民に至るまで騎手たちの勇壮な技を堪能した。時宗の桟敷席にひそかに紛れ込んだというこの出来事は、親王の時宗への親愛の情を示し、また親王が武家の表芸である兵馬の技を愛していたことを物語っている。

親王は諸芸に秀でた多くの若き武士たちを周囲に惹きつけ、エリート集団を造り上げていったが、その吸引力が主として和歌であったために、非常時に際して彼らを直ちに親衛隊へ転換することができなかった。和歌という宮廷文化が持つ政治力の限界に親王は立たされたことになる。失意の親王は嘆きと憤りを和歌に託してその後の人生を歩むことになる。親王は天性の歌人であり、和歌史に遺した功績は大きく、今後再評価されるべき歌人である。

将軍宗尊親王の主たる業績は、京歌壇を含めて俯瞰的に当代歌人を捉えた『三十六人大歌合』、鎌倉歌壇の自立性を主張する『東撰和歌六帖』の撰集である。

4　『三十六人大歌合』の意義

弘長二年（一二六二）九月、宗尊親王は前内大臣基家に命じて、当代歌人から三六人を撰び一六番の歌合を撰進することを命じた。『三十六人大歌合』である。紙上の歌合である公任の『三十六人撰』に倣った試みであった。基家はその序において、鎌倉における和歌の隆盛を「東路の遠山あらし。よをなびかし。和歌の浦。波間の月。道をてらせるころなれば」と言い、故に「関のひんがしの。かしこき事づてをうけて。都のうちに。あつめしるせる事あり。則いける諸人のかずをさだめて。よめる歌。五首をつかふべきよしなり」と撰集のいきさつを述べている（引用は『新編国歌大観』を用いた）。一人

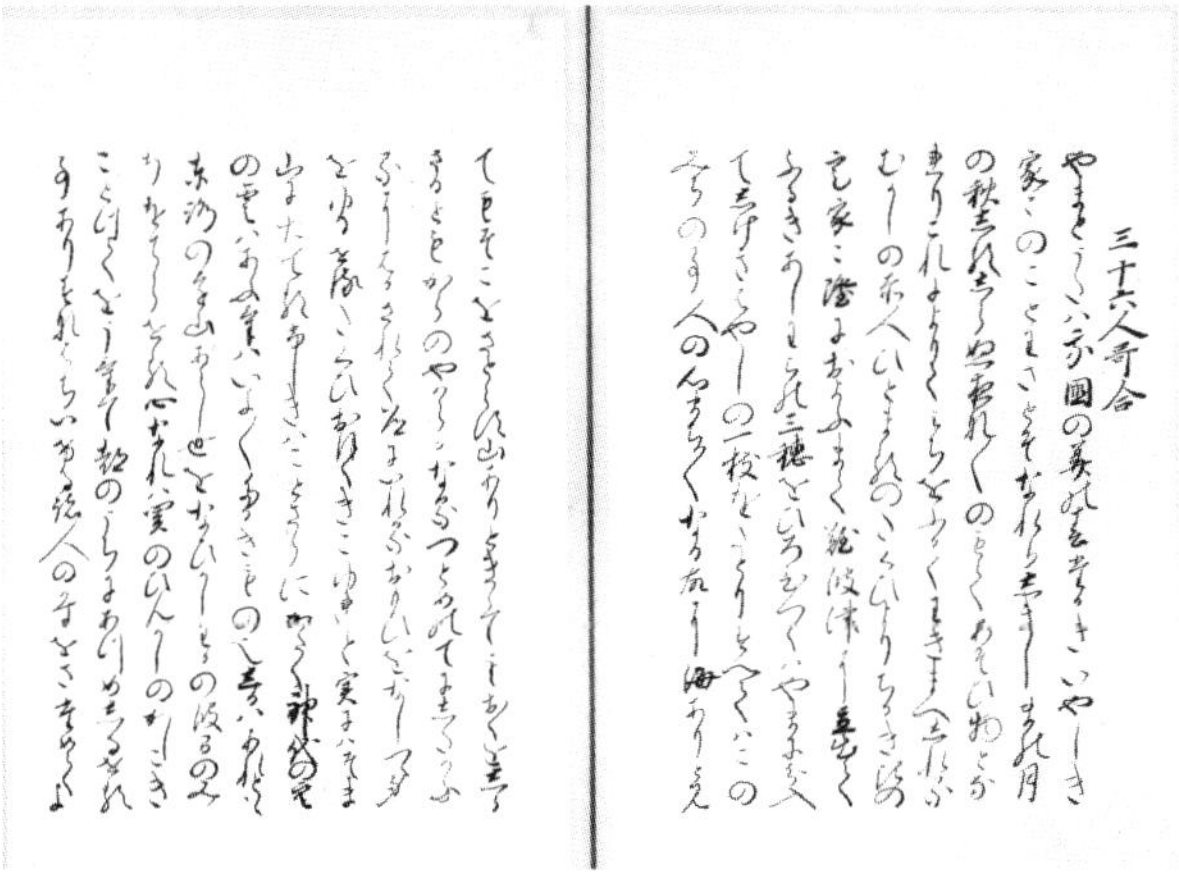

『三十六人大歌合』影印（肥前島原松平文庫蔵）

五首とあるが、一番と二番のみは一人一〇首にしている。

序に記されるように、鎌倉が和歌の道を照らす時代の到来である。地域を超えた高みから当代の歌壇を俯瞰したのがこの歌合であり、その主体が鎌倉の将軍家であったところに大きな意義がある。その俯瞰された見取り図からは基家の思惑も見えて興味深い。左記の如き顔ぶれである。

左方
三品宗尊親王（続古今集以下一九〇）
入道前太政大臣西園寺実氏（新勅撰集以下二四六）
関白前左大臣一条実経（続後撰集以下六二）
前摂政左大臣二条良実（新勅撰集以下三八）
前太政大臣西園寺公相（続後撰集以下四七）
左大臣西園寺実雄（続後撰集以下八二）
前大臣九条忠家（続後撰集以下八）
前権僧正澄覚（続古今集以下二五首）
沙弥縁空

右方
前内大臣基家（続後撰集以下七九）
衣笠内大臣家良（新勅撰集以下一一八）
沙弥顕恵
土御門院小宰相
権大納言中院通成（続後撰集以下二八）
三品親王小督
鷹司院帥
僧正隆弁（続後撰集以下二五）
沙弥如舜（源具親）（続古今集以下二一）

前大納言資季（新勅撰集以下三七）　藤原（後藤）基政（続後撰集以下一一）
皇后宮大夫藤原師継（続後撰集以下三三）　権律師公朝（続古今集以下二九）
按察使姉小路顕朝（続後撰集以下一六）　平（北条）長時（続後撰集以下一二）
中納言御子左為氏（続後撰集以下二二四）　侍従六条行家（続後撰集以下八二）
源具氏（続古今集以下一七）　藤原能清（続古今集以下二七）
法印実伊（続後撰集以下二七）　素暹法師（続後撰集以下二二）
沙弥寂西（信実）（新勅撰集以下一三二）　平（北条）政村（新勅撰集以下四〇）
院中納言　藻壁門院少将
沙弥融覚（為家）（新勅撰集以下三三二）　沙弥真観（新勅撰集以下九六）

（　）内は勅撰集入集歌数。一部重複、異伝などを含む

撰集は勅撰集を含めて必ずしも純粋に歌才を重視するのではなく、当然政治的な要素がからんでくる。この歌合でも五番あたりまでに権門の歌人が集中するが、彼らは勅撰集にも多く採られている。しかしおおよそ当代を代表する歌人が撰ばれているとみるべきかと思う。ただその後の勅撰集に選ばれなかった八名の女房や僧を採りあげたところは撰者独自の主張であろう。

この歌合の特色を二点挙げておきたい。第一点は、鎌倉歌壇の歌人を六人撰んでいること、

第二点は、御子左家と反御子左家の歌人を対決させていることである。鎌倉の歌人は宗尊親王を別格とすれば、右方の、僧正隆弁・藤原基政・権律師公朝・平長時・素暹法師・平政村である。三品親王小督も鎌倉の歌人とすべきかとも思うが、親王に準じて除くとすれば計六人である。権律師公朝は従三位八条実文の男で公家の出であるが、北条朝時の猶子であるから鎌倉歌壇の歌人として異論はないだろう。同様に六条藤家顕季の裔で大納言四条隆房の子である僧正隆弁は、鶴岡八幡若宮別当として鎌倉歌壇で活躍しているから一応鎌倉の歌人である。右方の藤原能清（一条）は、曽祖父能保が頼朝の妹を妻としていたこともあって鎌倉と縁が深く、宗尊親王百五十番歌合に出場するなど鎌倉歌壇に足跡を残すが、京の歌人とすべきかと思われるので、鎌倉の歌人はこの六人とみておきたい。

それら鎌倉の歌人を僅少とみるか、多数とみるか、さまざまな見方があろうが、当代の歌仙として三六人中六人も撰ばれたのは、公家の文化の精髄である和歌が鎌倉に深く浸透した証しであろう。決して将軍家におもねったのではなく、基家の目配りの結果であろう。

撰者基家の父は上に触れたように、新古今集の代表的な歌人良経である。しかし基家は御子左家の定家と合わず、新勅撰集にも採られなかった。為家の時代になり反御子左派のグループと交流する。

この歌合と同じころ家良・行家・光俊（真観）らと、すでに為家一人に下っていた続古今集の撰者に後から加わり、為家を落胆させている。宗尊親王の師範たる権威を借りての光俊（真観）の野心に発したものと考えられている。基家は反御子左家の歌人とはいえ、バランス感覚に優れた穏健な人であったらしく、親王に篤く信頼されていた。

この歌合でもう一つ興味深いのは、御子左家と反御子左家の歌人の対決である。続古今集の撰者に加わった行家は六条家の歌学を受け継いだ歌人であるが、その行家が為氏と、尖鋭な反御子左派の光俊が為家と番えられている。為家・為氏父子共に左方で、続古今集撰集に後から加わった四人がすべて右方に連なっているのも意図的な組み合わせであろう。当時歌道家の主流派は何といっても俊成・定家の歌学を継承する御子左家であり、それに対抗させる配置で全体のバランスを取った形である。特に当時の歌学の大御所である為家に対して、光俊を今一方の雄として位置付けていることは実に興味深い。また命を下した将軍家を左一番に据えたのは当然として、撰者である基家自身を番えたのは、将軍家の師たる矜持の表れでもあり、将軍家の信頼の篤さを示している。

京・鎌倉という地域を超え、時代全体を俯瞰して真に優れた歌仙を撰びだそうという親王の意図はほぼ達せられたと考えられる。鎌倉の歌人は少数とはいえ、京歌人と堂々と肩を並べている。鎌倉歌壇の成熟の結果であり、将軍家の願うところであった。

実際に歌人たちが向き合った歌合ではなく、目的は現代の歌仙を撰びだすことであり、歌合の形にしたのは机上の趣向で、それも創作の一つである。歌と歌が作者の手を離れて火花を散らすような面白さがある。左記の歌は、六人の鎌倉歌人とそれに番えられた歌人の、最初の組み合わせである。

八番　左　前権僧正澄覚
天地のほかなる山にのがれねばかくても花に物やおもはむ
右　僧正隆弁
富士のねは咲きける花の習ひまでげに時しらぬやまざくらかな
十番　左　前大納言資季
しめゆひし籬やたはになりぬらん花を《(お)》もけなる庭の山吹
右　藤原基政
散るをうしと思ひし花ぞまたれける春くるごとに物忘れして
十一番　左　皇后宮大夫師継
かくばかりくるる別れをしたふとも思ひもしらで春のゆくらん
右　権律師公朝
をのがすむ越路の花はまだ咲かじいそがでかへれ春の雁がね

十二番　　左　　　　　　　　　　　按察使顕朝

霞めどもまよはでかへる雁がねはこその越路や空にしるらん

右　　　　　　　　　　　平長時

一枝はをりてかへらん山桜家づとながらみぬ人のため

十五番　　左　　　　　　　　　　　法印実伊

みる人のなきか数そふ春毎に花もあだなる世をやしるらん

右　　　　　　　　　　　素暹法師

おきつかぜうきねの袖を吹きかへし浦つたへ行く秋の夜の月

十六番　　左　　　　　　　　　　　沙弥寂西

雲よりもよそに成り行く葛城の高まの桜あらし吹くらし

右　　　　　　　　　　　平政村

なべて世の思ふが中の習ひには別れありとやはるも行くらん

八番左の前権僧正澄覚の父は後鳥羽院の皇子で、政子によって将軍にと望まれ、後鳥羽院に拒否された雅成親王である。澄覚は天台座主。同じ天台宗の僧であるが、澄覚は山門派（比叡山派）、隆弁は寺門派（園城寺派）であるから、宗門対決の形でもある。散る花を惜しむ心の風情は様々で、澄覚の歌には特に新味はないが、隆弁の時しらぬ富士の雪に絡めて桜が咲き続けるという願望を表出した歌には、巧拙を超えた面白さがある。隆弁の歌は続後撰集（一〇四九）と『歌枕名寄』（五一四二）に採られているが、続後撰集には「四月廿日あまりのころ、するがのふじの社にこもりて侍りけるに、さくらの花さかりに見えければよみ侍りける」という詞書が添えられている。

十番左の前大納言資季は、従三位左中将藤原資家の長男。日記『荒涼記』（資季卿記）を遺した、学識の深い人であったらしく、左方の源具氏が宰相中将の時、具氏が問うほどのことは何なりと答えてみせるといい、挑んでみよと挑発した。対して具氏はまともなことは不勉強で尋ね申すことはできないが、ちょっとした事（そぞろごと）の中にわからないことがあるなどと言う。それを聞きつけた近習や女房がそれでは御前で試みるべきだとして、御前で対決させたところ、具氏は「むまのきつりやうきつにのをかなかくぼれいりくれんとう」という言葉を幼いころから聞いているが、どういう意味かと問う。「これはそぞろごとなれば、言ふにも足らず」と資季は逃げを打とうとしたが、資季の負けとなったという逸話が『徒然草』（一三五段）に伝えられている。

資季に対する右の藤原（後藤）基政は『東撰和歌六帖』の撰進を命じられたほどの親王配下の旗手である。資季歌は『宝治百首』（続後撰集の撰歌資料のために後嵯峨院が宝治二年〈一二四八〉

当時の主要歌人四〇人に詠進させた百首）の作者である。張り巡らせた籬が撓むほど重げに見える山吹の満開の風情を歌ったもの。基政の桜に合わせた意図は判然としないが、資季の具象に対して、散る辛さを忘れては花の春を待ち焦がれるという基政歌の観念性という対立の妙がある。

十一番左の皇后宮大夫師継も『宝治百首』の作者である。日記『妙槐記』（花内記・妙光寺大臣記とも）を遺す。師継の歌は室町中期の類題歌集『題林愚抄』（一五五〇）に採られている。春を慕う人の心を知る事もなく去っていく春のつれなさを歌う。右の公朝歌の主題は初春の帰雁を惜しむ心であるが、雁は越路に帰ると考えられていた。伊勢の「春がすみ立つを見捨ててゆく雁は花なきさとにすみやならへる」（古今六帖四三七四）が本歌。雁も人と同じく花を愛するものと捉え、越路は「花なきさと」ではなく、花は遅いだけだから、急いで帰ることはあるまいに、と歌う。『題林愚抄』（一二四三）にも採られている。両歌とも屈折した心をとらえる。

十二番左の顕朝歌も帰雁を歌うが、霞の空をものともせず越路に帰る姿に帰雁を惜しむ心が余情となっている。作者の按察使顕朝は姉小路宗房男、後嵯峨院の近臣で権大納言に至った。建長八年（一二五六）の九月十三夜に、撰者の基家自身が催した歌合の一三四番左の勝歌。右の長時は時の執権。重時の男で得宗家ではないが、時頼病のため、時頼嫡男の時宗が成長するまでの中継ぎとして就任した。なお、重時の嫡流長時の子孫、義宗―久時―英時はいずれも勅撰集歌人である。子息の義宗も幕府の要職を歴任。六波羅探題北方の折、南方であった時輔を時宗の命によって誅殺している。嫡男時宗による兄の殺害という、権力の冷酷な側面を一九歳の義宗が担わされた事件であった。右の長時歌には類歌が多く新鮮味に欠けるが、率直な詠風である。

十五番左の法印実伊は鷹司流大納言伊平男で後の大僧正。僧としての地位はともかく、勅撰集入集歌数も右素暹とほぼ釣り合っている歌人である。「人もすさめぬ桜」（古今集五〇）を自らの宿世に重ねてその儚さを歌う様はいかにも世捨て人らしいが、中世に好まれた発想である。この歌は当歌合の右方歌人であり、続古今集撰者である行家（知家男）が撰した『人家和歌集』（八九）にも採られている。右の素暹こと東胤行の家の芸はまさに和歌である。個人としても素暹は群を抜いた天性の歌人で、実朝に愛され、宗尊親王に慕われたことは上に述べた。この歌は、後鳥羽院の「こよひたれ明石のせとにうきねしてうらわの月に袖ぬらすらん」（後鳥羽院御集三九四）と同様な風情を歌う。つまり新古今的な詠風で素暹の才の切れ味をよく表している。憂き（浮き）に流す涙にぬれた袖を沖つ風が吹き返して裏がえすが、涙に浮かんだ月がそれによって浦（裏）づたいに移ろっていく、の意。沖・浮・浦は海の縁語。実景と心象風景を縦糸と横糸にして織り上げたような作品である。

十六番左の沙弥寂西は著名な画家隆信の男で俗名は信実。父と同様画家であり歌人であった。作者に擬せられた、水無瀬宮の国宝『後鳥羽院像』の他にもいくつかの作品がある。子孫は似絵（肖像画）を得意とする八条家として知られる。家集『藤原信実朝臣集』、説話集『今物語』がある。歌は、風に散り乱れる葛城山の桜を惜しむ心を歌うが、高嶺の雲よりも手の届かないもどかしさである。右政村歌は、春を擬人化して歌う。世を思えば別れのはかなさを思い知ることになる。こうした悟りに近い諦念も中世的な発想である。

右の一連の歌は、鎌倉の歌人とそれに番えられた歌人の作品であるが、仮に鎌倉歌人に共通する特色があったとしても、基家の撰歌基準の篩にかけられたものである以上、それを見出すことは不可能である。当歌合の最も注目すべき意義は、都の歌人が当代歌仙として六人を鎌倉歌壇から撰び取ったことである。

5　『東撰和歌六帖』

弘長元年（一二六一）七月二二日、『吾妻鏡』は「今日、関東近古詠、撰進すべき由、壱岐前司基政に仰せらる」と記す。『前長門守時朝入京田舎打聞集』[9]に「東撰六帖に入歌四十七首後藤壱岐前守基政撰」とあることによって、これが『東撰和歌六帖』（以下、東撰六帖と略称する）であることが裏付けられる。ただその成立の時期については、集中の作者の官位によって正嘉二年（一二五八）以降翌正元元年（一二五九）までであることが指摘されている[10]。成立年代に疑問をのこすが、宗尊親王の命によって後藤基政が撰した私撰集であることは確かである。

「関東近古詠」の集大成とでもいうべき貴重な撰集である。『古今和歌六帖』に倣い、歌題を春・夏・秋・冬・恋・雑の六帖に分類して歌を配した類題和歌集であるが、今日伝わっているのは第一帖の春部三一九首を収める『続群書類従』などの伝本と第四帖冬部の途中までを抄出した四一六首を収める祐徳稲荷神社寄託中川文庫本『東撰和歌六帖』のみである。

第一帖の春部のみを伝える『続群書類従』の東撰六帖は、全六帖の歌題を記した「題目録」を冒頭に置いている。春部は立春・早春・霞以下三〇題、夏部は更衣・神桑以下二〇題、秋部は立秋・初秋以下三〇題、冬部は初冬・時雨以下二〇題、恋部は初恋・忍恋以下三〇題、雑部は天・日以下七〇題という構成である。鎌倉歌壇の集大成であると同時に和歌の手引書でもあった。

現存部分で入集歌の一〇首以上の歌人を挙げると左記のごとくである[11]（外村展子の調査による）。

宗尊親王（三九首）・源実朝（三八首）・源親行（二七首）・北条重時（二六首）・真昭法師―北条資時（二五首）・北条政村（二四首）・素暹法師―東胤行（二二首）・行念法師―北条時村（一八首）・円勇法師（一八首）・源光行（一七首）・後藤基綱（一五首）・権律師公朝（一四首）・北条長時（一四首）・蓮生法師（一三首）・浄意法師（一三首）・高階家仲（一三首）・飛鳥井教定（一二首）・笠間時朝（一二首）・権律師尊季（一一首）・北条泰時（一一首）・一条

能清（一一首）・西円法師―宇都宮播磨（一一首）・房円法師（一〇首）

右の二三人の後に、九首の北条実泰・光西法師（伊賀光宗）・六条顕氏・後藤基隆などの主要歌人が続くが、どうしたことか、撰者基政は八首、権僧正隆弁は六首、権律師仙覚は五首に過ぎない。

宗尊親王・実朝が圧倒的な歌数であることは当然だが、源親行が父光行を超えていることは、関東祗候の長さや宗尊親王との親密さによると思われる。歌人としても高く評価された重時や政村の入集歌の多さはやはり幕府の重鎮であったからと思われるが、真昭法師（北条資時）・行念法師（北条時村）の評価の高さは注目される。真昭法師こと北条資時は、承久二年（一二二〇）一月突然兄の時村（行念法師）とともに出家。家督をめぐっての係争によるかとも想像されているが、真相は不明である。北条時房の子息たちである。当時は出家しても俗界と縁が切れるわけではなく、真昭は三九歳で評定衆となり、建長元年（一二四九）一二月には三番引付頭人に就任、建長三年（一二五二）五月に没している。兄弟共に新勅撰集に五首入集、以下の勅撰集にも採られて共に計二二首に上る。行念法師の没年は不明だが、真昭法師は宗尊親王の将軍初期まで健在であった歌人で、評価も定まっていたであろう。

東撰六帖の歌人は、将軍以下、関東祗候の公家、御家人、僧侶そして女房などによって構成された、まさに鎌倉歌壇の集大成であった。六代将軍の輝かしい成果であるが、鎌倉歌壇の最盛期が自ずから生み出した華であった。

6 『東撰和歌六帖』入集歌の傾向

歌集の特色が顕著に表れるのは歌人の顔ぶれであり、そこに撰者の撰集理念が最もよく反映される。従って東撰六帖の特質は右に見た歌人とその入集歌数が端的に語っているように、宗尊親王と実朝を頂点に置く鎌倉歌壇の見事な金字塔である。しかし、東撰六帖の歌そのものの特色を他の歌集と比較して相対化することは容易ではない。歌集が今を生きる歌人たちだけではなく、和歌史を俯瞰するする方針を執る場合が多いことも理由の一つになろう。東撰六帖の場合、将軍実朝の時代からの和歌史でもある。今後研究が深まれば、東撰六帖の特質を指摘できるかもしれないが、とりあえず一〇年前の建長三年（一二五一）一〇月に奏覧された勅撰集である続後撰集、中世和歌の規範である新古今集と次のような項で比較してみた。比較対象はそれぞれの歌集の冒頭三〇〇首。抄出でなく整った形の『続群書類従本』は三一九首であるから、切りの良い最大の歌数である。続後撰集・新古今集も和歌史を俯瞰する視点を持っており、人麻呂や赤人などの万葉の古歌以来の作を収めていて、当代の歌が和歌史の深い流れに稀釈されていると思われるので、比較の対象として必ずしもふさわしいとは言えない。また東撰六帖がすべて春部であるのに対し、新古今集はと続後撰集は春歌と夏歌、それに秋の一部を含むので、同じ季の歌であっても、主題にかなりの違いがあるというのも不利な条件となる。問題はあるが敢えて試みた調査である。

比較項目は、初句切れ・体言止め・序詞・縁語や懸詞の使用・叙景的詠風・観念的発想の六項目である。結果は左記の表の如くである。参考のため新古今集の冒頭三〇〇首も同様な調査をした。

	初句切れ	体言止め	縁語・掛詞	写実	観念
東撰六帖	一二	九一	一三	一四二	一五八
続後撰集	一三	八九	一三	一三四	一六六
新古今集	二一	八五	二一	一〇八	一九八

東撰六帖と続後撰集の二集はいずれの項目もほとんど違いがない。縁語・掛詞を駆使した技巧性に価値観を持つ歌は同数である。ただどの程度までを技巧的とするか客観的な決め手を欠き、同数となったのは偶然に過ぎない。次の〈写実〉というのは、景や事をあるがままに描きとろうという手法の作。あえて「手法」といったのは、景や事が作者にとって実在であるか否

かは問題ではなく、実在であるかのように対象やそれによって喚起した感興を直叙する方法である。〈観念〉とは、景や事に作者の解釈や特殊な視線が介入して、作者の心象風景として再生させる手法である。この二つの表現手法を設定したのは、比較する歌が季の歌だからである。季の歌は、主題が季節の景物あるいは立春や早春など季節の移ろいや暦など、作者の外部にあるからで、作者はそれらをこの二つの表現法によって表出しなければならない。

冬くもり春立ちくらしみ雪ふる吉野のたけに霞たなびく　鎌倉右大臣

雪の中に春しるものは鶯の声とやいはん霞とやいはん　三品ゝゝ（ママ）

東撰六帖（引用は『続群書類従』を用いた）の巻頭の二首である。鎌倉右大臣実朝の歌は立春の吉野の景を素直に描いている。対して三品宗尊親王の歌は、雪の景を前に立春の証しを何に求めるべきかという疑問を提示して、そこに表現世界のおもしろさを形成している。〈観念〉の歌である。

〈観念〉の歌は表現対象に解釈や特殊な視線を介入させたものだが、これもどの程度の介入を〈観念〉とするかによって、〈写実〉との振り分けに違いが出てくるのは避けがたいので、数字はおおよその見当を示すにすぎない。一五八と一六六との違いにさほど意味があるとは思えず、ほぼ同数と言える。それを両歌集の同時代性と見るべきかどうかは更なる検討を必要とする。新古今は他の二歌集に比べてやや〈観念〉歌の比率が高いように思われる。

体言止めは万葉以来の形であるが、歌の末尾を体言で締めることは、景や事の輪郭を鮮やかにし固定することによって、存在の確かさと感興の拡がりをもたらす効果がある。その形が意図的に用いられたのは新古今時代である。

ながれゆくかはづなくなりあしひきの山吹の花いまやさくらん　貫之
かはづなくあがたのゐどに春くれて散りやしぬらん山吹の花　後鳥羽院

貫之の歌は「あしひきの」という枕詞があるために、第四句と結句を入れ替えることはできないが、後鳥羽院の歌は「山吹の花散りやしぬらん」でも意味の違いは生じない。しかしそれでは調べは弛緩し、余情も消えてしまう。〈体言止め〉でなければ成立しない歌である。

断定することはためらわれるが、〈体言止め〉という切口から見た場合、三集とも同程度である。東撰六帖・続後撰集ともに新古今歌風の残影を留めているといえるかもしれない。〈初句切れ〉は新古今歌風の特色の一つであり、二二首は他の二集よりかなり上回っている。ただ新古今集も万葉以来の歴史を俯瞰して秀歌を輯めた歌集であるから、必ずしも成立時の詠風を顕著に示しているとは言えない。季の歌は季節の風物や時の移ろいを主題にしているので、描かれた景が写実であるか、再構成された心象風景なのか比較的わかりやすい。しかし新古今の場合、多くは実景と心象が混然と溶け合っており、〈写実〉か〈観念〉かに振り分けること自体はあまり意味がないのだが、東撰六帖が相対的に事実に即して歌う傾向を持っていることを裏付けているように思われる。

続後撰集は定家を最も重視して、後嵯峨院やその父祖たる後鳥羽院・土御門院の歌、後嵯峨院を補佐する実氏などの西園寺家の歌人を多く収めるなど、当代賛頌の念が強く、「温雅平淡な歌が少なくない」と評されている（『和歌大辞典』）。一読した印象では特に季の歌では平明枯淡な歌が少なくなく、縁語・掛詞などの技法を駆使した鮮やかな技の切れを示す歌は僅少である。派手さはないが、落ち着いた心情が沁みるような歌が多い。誠実さと華を兼ね備えた撰者為家の人柄を感じさせる勅撰集である。東撰六帖はその流れに掉さした歌集のようにみえる。

7　宗尊親王百五十番歌合

東撰六帖が実朝以来の鎌倉の和歌史の集大成であったのに対し、六代将軍時代の〈今〉を示す和歌の催しが、弘長元年（一二六一）七月七日に行われた宗尊親王百五十番歌合である。参加歌人は左右それぞれ一五人、春夏秋冬恋の題を一五〇番に合わせた歌合で、判者は九条基家。

将軍家で催された歌合が都に送られ、基家がそれに判辞を記したものである。この歌合を企画、宰領したのは親王だと思われる。将軍御所でも単に番えただけではなく、その場の判者は真観であったか、あるいは真観主導の衆議判であったかは分からないが、この歌合を権威づけるためには、京歌壇を代表する歌人の判を要するという判断が親王にあったのであろう。

左記の歌人が参加者である。

左

○女房（宗尊親王）（三〇）
○従二位顕氏（七）
○左近中将能清朝臣（七）
右近少将隆茂朝臣

右

○沙弥真観
○僧正隆弁（四）
○権律師公朝（一一）
○左衛門権少将惟宗忠景

『宗尊親王百五十番歌合』影印
（肥前島原松平文庫蔵）

○前遠江守時直（二）
○前越前守時広
○左近将監時遠
○左馬助清時
　前和泉守行方
　前伊賀守時家（四）
○左衛門権少尉源時清
　左衛門権少尉藤原時盛
　平時忠
○権律師厳雅（二）
○小督

○前壱岐守基政（六）
○散位時親
　左衛門権少尉藤原基隆（二）
　藤原顕盛
　沙弥行円（一）
　左衛門権少尉行俊
　中務権少輔重教（二）
　讃岐守師平朝臣
○左近将監義政
　沙弥行日
○左近少将雅有朝臣（三）

○は勅撰集歌人、（　）内数字は、東撰六帖入集歌数。作者に疑問のあるものを含む。あくまで現存する歌集の範囲であるため、評価の基準にはなりがたい。参考のために挙げておいた。参加者が一巡する十五番までを見ることにする。

一番　春　左　　女房

たのめこし人の玉章今はとてかへすにたる春のかりがね

右　　沙弥真観

鶯をさそふ花の香うらみてもぬきうす衣たちやかぬらん

左歌の「女房」とは、一番左の歌人に敬意を表した朧化表現で、この歌合では言うまでもなく宗尊親王である。この歌は新後拾遺集（七五）に採られている。帰雁を惜しむ心をつれなかった思い人の手紙を返す切なさに寄せた左歌に対し、右歌は、鶯の鳴かない恨みを歌う。鶯を誘うはずの花の香を怨みつつも立ち去りがたい未練が主題。緯（ぬき）の薄いのは春の衣。うらみに裏見を、たち（立ち　立ち去る意）に截ちを掛け、それぞれ衣の縁語にしている。真観にしては優艶な詠風である。判者基家は「左、雁によせてかへすたまづさの風情めづらしく、右、鶯によせてぬきうす衣露詞《（ママ）》あざやかなり。しかるに一番の左といひ、又歌ざまも勝てつよく侍るべし」としている。一番左は勝にするのがならわしだが、右歌も勝っているというのが基家の判断である。

二番　左　　従二位顕氏

うきやみの春こそおそき物ならめ鶯だにもはやきなかなん
右　　　　　　　　　　　　　僧正隆弁
春も猶雪げにみえてさほ姫の衣すそ引くふじのしば山

つらい闇であっても春の到来が遅いわけではないだろう。鶯だけでも早く鳴いてほしいと歌う左歌。右歌は、霞たつ富士の柴山（「富士の柴山」は『万葉集』三三五五に歌われる）の雪解けを佐保姫の濡れた衣の裾に見立てた右歌に、基家は「霞すそ引く、いう（優）ならず、されども歌がら猶すぐるべくや」といって勝にしている。左歌の凡庸さに対して、多少品は悪くとも、めずらしい景と連想のおもしろさを買ったのであろう。顕氏は関東祗候の廷臣の代表であり、その権威で和歌会始の題と読師の役を果たしたこともある（文応二年〈一二六一〉一月二六日の和歌会始）。隆弁は上に何度か述べたように、八幡宮若宮の別当で、鎌倉歌壇の主要メンバーである。

三番　　　左　　　　　　　　左近中将能清朝臣
匂ひまでかはらざりせば白雪のきえでや梅の花はわかまし
右　　　　　　　　　　　　　権律師公朝

かへる雁いそげやいそげさくら花にほひつきぬる身はあぢきなし

能清、公朝ともに４節に挙げた『三十六人大歌合』の作者で、関東祇候の京の公家である能清は言うまでもなく、鎌倉歌壇の歌人というより時代を代表する歌仙である。白雪と梅は香によってしか区別できない、と言って梅の白さを愛でたのが左歌。花の香りが身につくのは雁にとっては不似合いで面白くないの意かと思われる右歌の「いそげやいそげ」について判は「軽軽なる体なれども」と言って持としている。措辞に問題はあるが、着想の意外性に好意を寄せている。

四番　左　右近少将隆茂朝臣

谷かげはまだ雪深き鶯の何を春とかなきはじむらん

右　左衛門権少将惟宗忠景

関路には花咲きぬらし不破山の槙のはごしにかかる白雲

右近少将隆茂朝臣は勅撰集歌人ではないが、弘長元年（二月二〇日文応から改元）三月二五日、親王が歌仙により近習を結番させたときの和泉侍従隆茂かと考えられる。惟宗忠景は、頼朝の落胤で島津の始祖となったという伝説のある惟宗忠久の孫、忠綱の男で、続古今以下の勅撰集に一六首入集した有力歌人である。忠景は島津庄の地頭、日向・大隅・薩摩三国の守護を兼ねたこともあった頼朝の重臣である。判は「左よろしくきこゆ、右の名所きよからずや」と言う。槙の葉越しに見える花を白雲に見立てた右歌の構成に不自然さを覚えたのだろうか。

五番　　左　　　　　　　　　　　　前遠江守時直

あすか風いたづらならず吹きにけりふる郷とほくにほふ梅がえ

右　　　　　　　　　　　　前壱岐守基政

春はまたねぐらさだむる梅がえにさきもさかずも鶯ぞなく

左歌は志貴皇子の「采女の袖吹きかへす明日香風都を遠みいたづらに吹く」（万葉集五一）を本歌とする。判は「左、下句ことのほかにすぐれはべらむ」と絶賛する。時直は時房男、文永三年（一二六六）三月三〇日の当座和歌会に参加している。基政は和歌奉行の中心歌人である。

六番　　左　　　　　　　　　　　　前越前守時広

志賀のうらや浪まにやどる月影のかすむやとくるこほりなるらん

右　　　　　　　　散位時親

花見れば今や今やと思ふまに待つ心ちする春の山風

左歌は湖上冬月の題を詠んだ家隆の「志賀のうらやとほざかりゆく浪間よりこほりて出づる有明の月」（新古今集六三九）を春歌に詠みかえたに過ぎないといえるかもしれないが、基家は「左歌、さもはべりなん、まさると申すべくや」と言う。映像が鮮やかに立ち上がってくる左歌の風情が、花を散らす春風をまるで待ち焦がれてでもいるように、今吹くかとはらはらしている心を歌う右歌に勝っていると判断したのである。時広は時房次男の時村の男、後に評定衆、四番引付頭人に至る。正元二年（一二六〇）一月二〇日、一芸に堪える輩を以って昼番衆を定めた中に選ばれている。なお、この昼番衆は各一三名、一番から六番まで計七八人の若者によって構成され、番衆が交代で御所に奉仕する。ちなみに相模太郎時宗は一番に、相模三郎時輔は三番に所属。時広も時親も共に選ばれている。時広は北条氏で唯一私家集の伝わる歌人である。『越前前司平時広集』と称するこの私家集については後に触れる。時親は続古今集に一首入集（一五六三）。伝が定かでなく、時貞男あるいは時盛男といわれる。昼番衆には越後右馬助とある。

七番　左　　　　　　　　　　左近将監時遠

うらみばや煙をそへてもしほやくあまりにかすむ春の夜の月

右　　　　　　　　　　左衛門権少尉藤原基隆

足引きの山のかげ野は猶さえていつの雪間に若菜つままし

左は、第二句以下が「あま」（海人と「あまり」の掛詞）にかかる序で、その意外性だけで成立した歌。判辞は右歌の流れるような調べを愛でたのか「右、なほうるはしきや」という。時遠は時房の孫、時直の男、父も兄の清時・時藤も勅撰集歌人である。基隆は基政の弟。後藤基綱の男。第二章第2で触れたように、承久の乱後、基綱は京方に与した父の基清を斬首するという過酷な運命を生きた。

八番　左　　　　　　　　　　左馬助清時

このごろもかすまざりせばわたつみの浪の花には春もしられじ

右　　　　　　　　　　藤原顕盛

あかず見るわがつらきにや今は又おもひなされん春の明けぼの

あまりの〈あはれ〉深さにつらくなる心に春の曙を思いやった右歌に対し、基家は「左、花宜し。雲泥といふべし」と評した。清時は時遠の兄。正元二年一月二〇日の昼番衆の一人。同年二月二〇日には廂番衆に選ばれている。藤原顕盛は安達義景の男、宗尊親王の運命を握った幕府要人の一人である泰盛の弟。後に従五位下加賀守に叙位・任官される。

九番　　左　　　　　　　　　　　前和泉守行方

山がつの垣根つづきにこゑすなり梅が香あかぬ春のうぐひす

右　　　　　　　　　　　沙弥行円

梅の花心のままに匂ふらし風をさまれる御世のはつ春

二首とも歌意は平明率直である。「御世のはつ春」と歌われては、判も「右、祝言のうへに勝ち侍りなん」と言わざるを得なかった。左の前和泉守行方は、二階堂行村の男。二階堂氏は歴代幕府の実務官僚として重んじられた。行方は宗尊親王を迎える使者として京へ上り、その後親王の御所奉行を勤めるなど、幕府の要人として活躍した。沙弥行円も二階堂の一族。行忠の男。文応元年（一二六〇）六月二六日、幕府は後嵯峨院の瘧《おこり》に際し、行方を奉行として占い、翌月再発した際には、同族の行宗を使節として上洛させている。

十番　　左　　　　　　　　　　　　　　　　前伊賀守時家

花みてはかへる心のあらばこそ分けいる山にしをりをもせめ

右　　　　　　　　　　　　　　　　左衛門権少尉行俊

なぐさむる方こそなけれよこ雲のたへまかすめる春の曙

右歌は花をかくす霞を詠んだものと思われる。判の「右、心ともしかるべくや」は褒め言葉である。時家は八田知家の男で小田時家。『新和歌集』に同族の蓮生と贈答歌がある。引付衆、評定衆を勤める。行俊は文応二年（一二六一）一月二六日の和歌会始の参加した鎌田行俊。すでに見たように、頼朝の扈従であった鎌田俊長の子孫かといわれる。宗尊親王が失脚する直前の御所で、次第に立ち去る側近の中に在って最後までとどまった数人の一人であった。

十一番　　左　　　　　　　　　　　　　　　　左衛門権少尉源時清

涙にぞまたやどしつる春の月うきはかはらぬもとの身にして

右　　　　　　　　　　　　　　　　中務権少輔重教

別れ路つらきはさぞな有明の月の空行く春の雁がね

左歌は業平の「月やあらぬ春やむかしの春ならぬ我が身ひとつはもとのみにして」（古今集七四七など）が本歌。雁の春との別れを歌う右歌より、判は「左、業平の余慶のみにあらず、愚老もとも心よせに侍る風情なり」と評価している。この歌は新後撰集（一二五九）に採られている。時清は信濃守源泰清男で佐々木時清。宇治川の先陣争いの高綱の弟の孫に当る。検非違使、引付衆、評定衆などの要職を勤める。嘉元の騒動に巻き込まれ、北条宗方と討ち合って死亡。享年六四歳。中務権少輔重教は外村展子によれば、大江広元の妹を母、大友仲教を父とする大友仲能の男。(12)

十二番　　左　　　　　　　　　　　左衛門権少尉藤原時盛

身をうしと思はぬ人の心にもかくやかなしき春の曙

右　　　　　　　　　　　讃岐守師平朝臣

ながめてもいかでかたへむ霞みつつ花さへにほふ春の曙

共に春の曙のあはれ深い風情を歌うが、判を欠いている。左の作者藤原時盛は、安達義景の男、泰盛の弟。兄弟共に幕政に重きをなし、評定衆に任じられた。理由は明らかではないが、建治二年（一二七六）突然寿福寺に籠って隠棲する。そのため、兄からは義絶され、所領は没収される。後に高野山に没する。讃岐守師平朝臣は姉小路忠時。摂政左大臣忠平男の師尹の流れ、師尹のとき姉小路と称する。忠時は讃岐守を受領し師平と改名、のちに正四位下宮内卿に昇った。

十三番　　左　　　　　　　　　　平時忠

春雨のしづくにぬれむ梅の花をらでにほひや袖にうつると

右　　　　　　　　　　左近将監義政

いとわかもなく鶯か谷の戸に出てうかれてや春を待つらん

右歌の初句「いとわかもなき」は、とても幼く鳴くの意。判は「両首心ともによろしきにや」と記している。左の平時忠は大仏流北条時直男。改名して宣時。後に引付衆頭人、連署となる。続拾遺に一首入集（六二一）。右の左近将監義政は北条重時の男。引付衆、評定衆、引付衆頭人等の要職を歴任、叔父の政村の死去により、連署を受け継ぎ執権時宗を補佐した。病を得て出家、さらに隠遁して信濃国塩田荘に住したことから義政から三代は塩田北条氏と呼ばれた。その地が信州の鎌倉と称される文化に薫ったことはよく知られている。

十四番　　左　　　　　　　　　　　　　　　　　　　　権律師厳雅
春の夜のあくると山に咲く花のあらはれわたる横雲の空
　　　　右　　　　　　　　　　　　　　　　　　　沙弥行日
みよし野の山は雪降りさゆれども春の光にしるくも有るかな

左右共に春の吉野を詠むが、左歌は花を雲に見立て、右歌は初春の吉野の実景を歌う。これにも判は記されていない。左歌の厳雅は飛鳥井雅経の男。右歌の行日は二階堂行村男。後に評定衆になる。

十五番　　左　　　　　　　　　　　　　　　　　　　　小督
桜さく春の心は雲なれやゆきてかからぬ山のはもなし
　　　　右　　　　　　　　　　　　　　　　　　　左近少将雅有朝臣
うすぐもりかすめる空やうつるらん出でぬににごる山川の水

右歌は水に映る春のかすんだ空を、出水を濁り水に見立てたもの。判は「左右ともによろしきにとりて、右歌五字いささか耳にたつ体にや」と記し、左を勝ちにしている。五字とあるのは初句のことかと思われるが、「耳にたつ体」の根拠は分からない。左の小督は宗尊尊王家女房で優れた女流歌人であり、『源氏物語』にも造詣の深い才媛である。

右の左近少将雅有朝臣は飛鳥井雅経の孫、教定の男。飛鳥井家の歌道・蹴鞠道を継承し、宗尊親王とほぼ同年の若さながら鎌倉歌壇の指導的立場で活躍したようである。帰洛後も京歌壇を代表する歌人として活躍した。家集に『隣女集』『雅有集』があり、『仏道の記』、『嵯峨のかよひぢ』、『最上の河路』、『都路の別れ』（これらを「飛鳥井雅有日記」ともいう）『春のみやまぢ』などの日記・紀行文がある。また蹴鞠の書『内外三時抄』が伝えられている。極冠は正二位、民部卿。

8　撰者基家

この百五十番歌合は宗尊親王二〇歳時の成立で、早熟の親王はすでに当代を代表する歌人であった。4節で述べた通り翌年の弘長二年（一二六二）には『三十六人大歌合』の撰を基家に要請している。撰を依頼された基家が親王を一番左に据えたのは当然として、自らを一番右に置いたことは当該歌合の性格を象徴する。基家も親王の歌道の師の一人である。当該歌合も親王の命で真観が宰領したものであろう。にもかかわらず判者が真観ではなく京の基家であることには様々な意味があるだろう。親王の師にはおのずから親疎や軽重が考えられるが、親王が最も重んじたのは為家であり、それに次ぐのが基家である。前年の文応元年（一二六〇）一〇月以前に成立した『宗尊親王三百首』は合点を為家に依頼し、さらに基家以下の主として反御子左家の歌人たちに合点を依頼するという経緯が想定されており。為家の合点と評語のみを有する系統と、それに加えて基家の評語と基家以下八名の合点を有するものという二系統の伝本がある。当代歌壇の対立を窺う事のできる史料としても注目されている。八名の合点者は、為家以下常盤井相国実氏・衣笠内大臣家良・九条内大臣基家・侍従三位行家・鷹司院帥（真観娘）・右大弁光俊（真観）・安嘉門院四条（後の阿仏尼）である。

常盤井相国西園寺実氏は、女姞子が後嵯峨天皇の中宮姞子（大宮院）となって、後に天皇となる後深草・亀山を儲けたことにより、従一位太政大臣に昇った人物。和歌にも優れていたが、この三百首の点者に名を連ねたのは高い身分と、九条道家に代わって関東申次となり、鎌倉との深い関係を持っていたからであろう。因みに上にも述べたように、宗尊親王が後嵯峨院の第一皇子でありながら皇位を践めなかったのは、母の平棟子と西園寺姞子との身分差による。

二人の女房を含めて、実氏以下の歌人は、親王自身が合点を望んだとすれば、とりあえず八名全員が歌道の師といえよう。親王を取り巻く関東祗候の公家歌人などは別として、親王が歌の師として遇したのが三百首の点者である。最も重んじたのは評語を記した為家であり、基家である。実氏と二人の女房を除く五人は後の文永三年（一二六六）に成立した『続古今和歌集』の撰者である。為家一人に撰集の宣旨が下っていたのを、他の四人が撰に加わる宣旨を得たことはすでに4節で触れたが、その折の御子左家と反御子左家の対立が先取りされたような形である。いずれにしろ、この五人は当代を代表する歌人である。

基家は道家の異母弟で、新古今の花形歌人でもあった後京極摂政太政大臣良経の男。父が三八歳で早世した後も後鳥羽院に寵愛され、承久の乱以降も隠岐の後鳥羽院と和歌の交流を持ち続けた。定家亡き後は御子左家と対立して、高貴な身分と優れた歌才によりいつしか真観たち反御子左派の代表とみなされるようになった。宗尊親王は、京の歌壇内部の対立を超えた立場から、為家と同等に基家を敬慕していたようである。

百五十番歌合において、京を代表する歌人の意識で鎌倉に下り、親王の歌道師範として鎌倉歌壇に臨んだと思われる真観が、判を受ける側に立たされたことは、真観にいささか複雑な思いを抱かせたと想像される。『三十六人大歌合』でも、一番左の宗尊親王に対して、一番右は基家であるが、それは歌合形式を借りての歌仙選びであるから意味は全く異なっている。

親王は真観を判者に立てることなく、鎌倉歌人の一人として遇したことになる。親王は真観を重んじはしたが、絶対的な権威として讃仰はしなかった。心服していたのはやはり為家であり基家であった。

真観を仲間に吸収して展開してみせた百五十番歌合は、京歌壇に対する示威運動でもあった。百五十番歌合の世界は鎌倉という限定された領域ではあったが、師と弟子との関係を超えた次元を現出してみせた。その先には、地方と京、今と昔すら超越した勅撰集の世界があった。その勅撰集の中では垣根を越えて歌が互いに手を取りあって〈あはれ〉を奏でる。一例を挙げておこう。

百首歌たてまつりける時　　　前内大臣基（基家）
をしみえぬ涙のつゆをかたみにて袖にのこれる秋もはかなし　（続古今五四四）
題不知　　　鎌倉右大臣（実朝）
あきはいぬ風に木の葉はちりはてて山さびしかる冬はきにけり　（同五四五）
中務卿親王（宗尊親王）
冬きぬといはぬをしるもわが袖の涙にまがふしぐれなりけり　（同五四六）

右の三首から二首隔てて次の真観の歌が置かれている。

題不知　　　藤原光俊朝臣（真観）

袖ぬらすおいその杜のしぐれこそうきにとしふる涙なりけり　（同五四九）

若き親王ではあったが、師を相対化する見識と自負を備えた天性の歌人であった。そして親王はすべてにおいて鎌倉殿であり、その権威が、武家たちの憧憬を斂め、京の文化を鎌倉に根付かせたことになる。

9　題詠と現実歌

これまで述べてきたように、六代将軍の時代が鎌倉歌壇の最盛期で、歌才に恵まれた、若き光源氏に見紛う皇子を頂点に頂いた稀有な時代といってよい。幸いなことに『吾妻鏡』が語る歴史の紙幅に将軍宗尊が収まっていることにより、情報の厚みも伴っていた。更に親王には『瓊玉集』『柳葉和歌集』『中書王御詠』『竹風和歌抄』という家集が伝えられ、将軍御所で催された和歌の行事や、鎌倉の歌人たちから多くの詠歌を召したことが知られる。しかし勅撰集や私撰集に遺された鎌倉の歌人の歌に、将軍家の和歌の催しなどに参加したことが明確なものは意外に少ない。伝えられる歌の多くが場所と時の記録を失い、無限定の時空をさまよっていることにもよるが、歴史の篩にかけられてなお生き残ることがいかに稀有なことであったかを物語る。以下その稀有な歌のいくつかを挙げる。

中務卿親王家百首歌　　　　　　　　　平政村
ふけばこそ荻のうはばもかなしけれおもへばつらし秋の初風　　（続古今集二九九）
中務卿親王家百首歌に　冬　　　　　　前左兵衛督教定
いたづらに涙しぐれてかみな月わがみふりぬるもりのかしはぎ　　（同一六一九）
（同）　　　　　　　　　　　　　　　平政村
しぐれつつさびしきやどのいたまよりもるにもすぎてぬるる袖かな　　（同一六二〇）
中務卿親王家百首歌に　　　　　　　　平政村
夏山のしげみがしたに滝おちてふもとすずしき水の音かな　　（風雅集四二七）
中務卿親王家百首歌に　　　　　　　　平政村
いける身のためと思ひし逢ふ事も今は命にかへつべきかな　　（新後拾遺集一〇四七）
弘長元年中務卿親王家百首　　　　　　権僧正公朝
わかれぢに身をやくおきの数そへてみやこ島べに飛ぶ蛍かな　　（夫木抄一〇五八〇）
（同）　　　　　　　　　　　　　　　権僧正公朝
くさかえの入江の蘆のしげければ有りとも見えであさりするたづ　　（同一〇六八八）
（同）　　　　　　　　　　　　　　　権僧正公朝

たかしまのあどかは波に船とめてあすはかちのの原をゆかなん　（同一一一七六）

（同）　権僧正公朝

しきしまのなかのみなとのさよ千鳥妻よびたてて浦づたひゆく　（同一一八八八）

『三十六人大歌合』に撰ばれ、東撰六帖の現存部分に採られた歌数が六番目に多い政村は、将軍家の和歌の行事の常連であった。上に何度か触れたように、前左兵衛督教定は飛鳥井雅経の男、鎌倉では頼経・頼嗣・宗尊親王の三代の将軍家に仕えた。

一首目の「ふけばこそ」の歌の「荻のうはば」は、風に揺れる様は秋の侘しさを代表する景として、平安中期頃から詠み続けられてきた。その流れを享けた、手慣れた詠風である。二首目教定の歌は、小町の「花の色は移りにけりな」を本歌にして季節に仕立てている。政村歌の「しぐれつつ」は定家の「梅の花にほひをうつす袖の上に軒もる月の影ぞあらそふ」（拾遺愚草九〇六）に拠っている。同じ政村の「夏山の」は一筋に景に立ち向かった詠風で佳作である。「いける身の」のように、恋と死という伝統的なモチーフに即応する手法も、歌よみに欠かせない修練で、政村の詠風の広さを思わせる。

公朝の「わかれぢに」は、小町の「おきのゐて身を焼くよりもかなしきはみやこしまべのわかれなりけり」（古今集一一〇四）という物名歌が本歌。「おきのゐ」と「みやこしまべ」は所在不明の地名。それを隠し題として詠みこむ。歌の上では「おき」は燠で、それで身を焼くと展開。「みやこしまべ」は特に隠してはいないが、それを二つに分けて、「わかれ」と捉える。公朝歌は、「おき」（燠）を蛍の喩として歌っている。「くさかえ」の歌は、大伴旅人「草香江の入江にあさる葦鶴のあなたづたづし友なしにして」（万葉集五七五）に拠る。「たづたづし」はおぼつかない様で、下僚との別れの不安を歌う。公朝歌はそれを景の風情として捉え直している。次の「たかしまの」歌の、たかしま（高島）、あどがは（阿倍川、阿渡川）、かちの（勝野）は、いずれも琵琶湖畔の地名で『万葉集』の羇旅歌で歌われる。最後の「しきしまの」の歌の「なかのみなと」（那珂の港）は人麻呂に歌われた地名（万葉集二二〇）で、千鳥の風情も万葉集に親しまれた題材である。「くさかえに」以下三首は万葉調の歌である。万葉の古歌に対して慎重な御子左家の歌学に対し、万葉を重んじる反御子左派の真観が鎌倉歌壇に及ぼした影響の一つがこれら万葉歌に拠る詠風である。

将軍御所の華やかな和歌の行事が波紋のように臣下の家に広がり、鎌倉歌壇に厚みを加えたと想像される。政村の常盤亭での一日千首などはその典型であるが、記録にはほとんど遺らなかった。左記の歌は今日まで伝えられた稀有な例である。

前左兵衛督教定家の歌合に、おなじ心を　藤原基綱

ありし夜の夢は名残もなきものを又おどろかす山のはの月　（新続古今集一四二八）

「おなじ心」とは「寄月恋」である。はかない恋と空しい期待を歌う手慣れた詠風である。

宗尊親王の家集に限らないが、伝えられる家集の歌は、歌合や歌会などの晴《はれ》の歌や百首歌などの定数歌であり、ほとんど例外なく題詠である。設定された題を詠んでいくのだから、作者自身の体験や眼前の景とは原則として無関係である。題詠は個人の置かれている環境を超えた広い時空を自在に歌う詠法であるから、和歌を飛躍的に発展させることになったが、観念に囚われて感性という表現のエネルギーを手放してしまう危険性を孕んでいる。未見の景や場面にどれだけ命を吹き込むかに題詠の成否がかかっているのだが、その技を磨くのが和歌という表現の宿命である。和歌は現実を歌うものではない。このことは和歌の要諦であるので、後に再度取り上げることにする。

親王の場合、四家集に三〇〇〇首近い歌が記録されているが、現実を詠んだ歌は、都へ追放される旅の歌や贈答歌など三〇首程度しかない。実際にはもっと詠んだと思われるが、現実を詠んだ歌すなわち褻《け》の歌の多くは収録しなかったものと思われる。作者の人間性を通して作品の価値を見いだそうとする現代の視線に立った場合、最も知りたいのは褻の歌であるから、褻の歌の発する作者の生の声は貴重である。

平重時身まかりてのち、仏事のをりしも雨の降りけるに、平長時がもとにつかはしける

中務卿親王

思ひいづる今日しもそらのかきくれてさこそ涙のあめとふるらめ　（続古今集一四七七）

卯月の頃、二所へまうでさせ給ひし時、箱根にて、富士山を御覧じけるおりしも、残鶯の鳴きけるをきかせ給て

この山はふじの高根のみゆればや時しらぬ音にうぐひすの鳴く　（瓊玉集四四六）

最明寺の旧跡なる梅の盛りなりける枝を人の奉りたりけるを御らむじて

心なき物なりながら墨染めにさかぬもつらし宿の梅が枝　（同四九八）

去年冬時頼入道身まかりて、今年の秋、長時おなじさまに成りにしことをおぼしめして

冬の霜秋の露とてみし人のはかなく消ゆる跡ぞかなしき　（同四九九）

時頼入道が旧跡の花をみて

みしはるのこれを形見とおもひいでて涙にうかぶ花の色かな　（中書王御詠三六）

やよひの十日あまり、月いりかたに花をみて

春の夜のかすめる月のいりかたにまた人も見ぬ花をみるかな　（同三七）

七月八日の暁、鎌倉をいづとて
めぐりあふ秋はたのまずたなばたの同じ別れに袖はしぼれど　（同二一二）

北条重時が身罷ったのは弘長元年（一二六一）一一月三日、親王二〇歳の年である。幕府の重鎮として時頼を輔佐した苦労人であった。長時は重時嫡男で当時の執権である。

二首目の箱根で詠んだ歌は、弘長三年（一二六三）四月二六日に鎌倉を出発した二所詣の折の作。二所詣は、実際には、三嶋大社と伊豆神社それに箱根神社の三社に参詣する、将軍家にとって重要な行事。「時しらぬ音」は詞書の「残鶯」のこと。いつまでも鳴いていることだが、「時知らぬ」すなわち季節を問わず雪を頂く富士に寄せて詠んだもの。

三首目からの三首は、時頼の死に関わる歌。三首目の「心なき」歌は、第三章第2にも挙げた。三浦一族を亡ぼして築き上げた時頼の強力な権力は血胤の尊貴を纏う親王の輝く権威に保障され、親王の権威も時頼の強権に支えられて、鎌倉政権はかつてなく安定し繁栄した。時頼の死は執権と将軍家との力のバランスを狂わせ、将軍家の命運に翳りをもたらすこととなった。時頼の晩年は重時の嫡男の長時が執権職を担ったが、その長時も時頼逝去の翌年、後を追うように没する。時頼は三七歳、長時は三四歳の若さであった。

無常は世の常とはいえ、時頼の死は親王の命運に暗い翳を投じた。時頼没して三年後の文永三年（一二六六）七月八日、親王は鶴岡八幡宮の赤橋の前で、輿を社の方に向けしばし祈念、和歌を詠じた。最後の歌の歌意は、八日であるから七夕の別れの日、同じ別れでも自分は来年の七月七日を頼みにすることができない、となる。

この歌に続いて、東海道を上る悲痛な羇旅歌が続く。羇旅という歌題のガテゴリーの中で詠まれている連作であるが、現実に密着した心の揺らぎが訴えられている。左記の歌を含めて現実から発せられた貴重な生の声である。

宗尊親王にしてなお現実の声はわずかにしか届かない。ましてその他の鎌倉歌人の現実の声は奇跡に近い。

平重時朝臣子うませて侍りける七夜によみてつかはしける

前大僧正隆弁

ちとせまで行末とほき鶴の子をそだてても猶君ぞみるべき　（新千載集二二八五）

返し

平重時

千年ともかぎらぬものを鶴の子の猶つるの子の数をしらねば　（同二二八六）

父基綱身まかりてのち、雪のふりける日かの墓所にてよめる

藤原基隆

ふりまさるあとこそいとどかなしけれ苔の上までうづむ白雪　（続拾遺集一三一〇）

家隆卿の十三年に隆祐朝臣すすめ侍りける歌に

平時直

なくなくもあととふ和歌のうらちどりいかなる波にたちわかれけん　（続古今集一四二七）

隆弁歌「ちとせまで」の成立時期は不明で、重時の没年から考えて六代将軍の時代より前の、重時の六波羅探題時代だったかもしれないが挙げておいた。

三首目の詞書にある基綱が没したのは康元元年（一二五六）一一月二八日、作者の藤原（後藤）基隆は基政の弟。第二章第9節で述べたように将軍頼嗣の御所の酒宴において、三浦光村や二階堂行方などと猿楽を弄したと伝えられる。和歌にも優れた教養人である。

最後に挙げた歌の詞書の家隆が没したのは嘉禎三年（一二三七）四月九日であるから十三回忌は建長元年（一二四九）となる。将軍頼嗣の時代である。隆祐は家隆の男。時直は金沢流実行の男。新古今集の代表的な歌人である家隆の子と交流を持つにいたったのはおそらく和歌が取り結んだ縁かと思う。歌人家隆を敬慕する情が巧みに表出されている。

注

（1）安田元久『北条義時』吉川弘文館　一九八六年四月
（2）佐藤進一『日本中世史論集』「武家政権について」岩波書店　一九九〇年一二月
（3）高橋慎一朗『北条時頼』吉川弘文館　二〇一三年八月
（4）佐々木馨『執権時頼と廻国伝説』「廻国の時期と形態」吉川弘文館　一九九七年一二月
（5）中川博夫『藤原顕氏全歌註釈と研究』笠間書院　一九九九年六月
（6）外村展子『鎌倉の歌人』鎌倉春秋社　一九九八年一月
（7）森幸夫『北条重時』吉川弘文館　二〇〇九年九月
（8）松尾剛次『中世都市鎌倉の風景』吉川弘文館　一九九三年一二月
（9）長崎健・中川博夫・外村展子・小林一彦『私家集全釈叢書』風間書房　一九九九年六月
（10）樋口芳麻呂「宗尊親王初期の和歌―東撰和歌六帖を中心に」愛知教育大国語国文学会編『国語国文学報』二二集　一九六九年九月
（11）注（6）に同じ
（12）注（6）に同じ

第四章　将軍惟康と時宗

1　源家の惟康

文永三年（一二六六）六月二〇日、時宗の邸にて、時の執権政村・その娘聟の実時そして安達泰盛らによる「神秘御沙汰」によって、宗尊親王の将軍解任が決定された。幕府機構を通さない異常な決定であるが、異常な処置は正常な手続きではできない。原因は前章に述べたように、時宗が将軍との姻戚関係における上位になく、俊英であっても時に一六歳、年齢的にも人間の成熟度においても将軍家に及ばなかったからである。

いつはりの世にあふさかの石清水清き心ぞこがくれにけり　（中書王御詠二三〇）

鎌倉を追われて逢坂の関に辿りついた親王の痛切な思いが込められた歌である。明らかに冤罪であり、親王は「清き心」を持ち続けて都への道を辿った。

権威も権力も人を離れてモノとして在るものではない。それらを担う人間によって強化もされ脆弱化もする。時頼の逝去により、強力な権力とそれを支える崇高な権威とのバランスが崩れる。長時・政村という、時宗への中継ぎの執権で時を稼いだが、畢竟、時宗には宗尊に抗しようがなかった。時に一六歳の時宗には担いきれない権力の重さである。このような場合、往々にして権力の衰退か権力の暴走を招く。将軍職の理不尽な解任は権力の暴走に他ならない。替わって立てられた将軍は宗尊親王の嫡男、わずか三歳の惟康親王（当初は惟康王。便宜上親王と称す）である。文永五年（一二六八）時宗執権就任、それまで執権であった政村は連署となり執権を補佐するという体制を作り上げた。二年後の文永七年、惟康親王は七歳で元服、同年臣籍降下して源姓を賜り、従三位左近衛中将に補された。準備期間を経て権力を掌握した時宗にとって、惟康親王が担う将軍家の権威は逆に脆弱に過ぎ、それは執権の権力の弱体化につながる惧れをはらんでいた。惟康親王には若年であることと同時に頼嗣と共通する二代目の弱さがあった。薄められた血脈の尊貴と若年による将軍家の権威の衰退は、宗尊親王の時代とは逆な力学によって、権力と権威のバランスを危うくした。

惟康親王が源惟康となり左近衛中将となったのは、源頼朝の再来を幻視する時宗政権の思惑があったからだと言われている。目的は将軍家の権威の回復に他ならない。器量のある将軍家が天神地祇の心を安んじる祭祀を司り、恒例の儀式・行事や将軍専権行為を滞りなく営んでこそ世の秩序は保たれる。将軍家こそ幕府権力の源泉である。将軍（特に源家以降の将軍）を傀儡とする見方が依然として行われているが、傀儡であれば、惟康親王の処遇に心を砕く必要もなく、宗尊親王を解任する必要もないだろう。惟康親王に頼朝の再来を、時宗自身を承久の乱を制した義時に見立て、そこに権力を正当化する神話を顕現させようとしたという見解を提示したのは細川重男である。[1] 神話というのは、八幡宮に参篭した人の夢に武内宿祢が現れ、世の中が乱れようとしているので、しばらく時政の子となって世治むべしという、八幡神の神託を受けたという、『古今著聞集』巻一「神祇」に見える説話のことである。武内宿祢とは、景行・成務・仲哀・応神・仁徳の五代の天皇に仕えた伝説的な賢臣。八幡の祭神応神の化身たる頼朝、八幡の命によって世を統べる義時という神話的構図は、権威と権力の絶妙なバランスを語る説話である。

源惟康となったことにどれだけの効果があったかは、今後の検討課題であろうが、ともあれ時宗は源氏将軍を押し立てて、文永の役・弘安の役という二度に亘る国難に立ち向かうこととなった。幕府は元との対決を通して権力を強化し、朝廷から外交権を奪うに及ぶ。元に対しては幕府の方が朝廷より強硬で排他的であった。幕府が元との交戦の意思を固めたことについて、上横手雅敬は、朝廷の外交方針に妥協することは、北条嫡流、得宗家の専制強化の障害になることであり、また宋からの渡来僧の影響に

時宗廟（円覚寺佛日庵）

もよるという。[2] 周知のように時宗は建長寺の開祖蘭渓道隆・大休正念・無学祖元に師事して禅を学んでいる。無学祖元は円覚寺の開祖で開基は時宗である。

時宗は元寇の申し子のような存在である。文永五年（一二六八）最初の国書がフビライからもたらされた。それを契機に時宗は執権に就任し、政村は執権から連署へ移る。最初の国書に対し朝廷は無視することにしたが、それは無視というより問題の先送りに過ぎなかった。対して幕府は意図的な黙殺であった。幕府がどれだけ元の情報を把握していたか詳らかではないが、宋からの渡来僧や商人などから相応の情報を得ていたと考えられる。幕府ではあらゆる視点から対策が練られたに違いないが、時宗を中心に衆議一決、交戦の意思を固めた時には迷いはなかった。ゆるぎない勝算があったわけではなかったと思われる。このような場合、最も拙劣なのは和戦両様の曖昧な姿勢をとることである。決め手になったのは鎌倉武士の矜持であろう。いざという時命を捨てる覚悟を常に胸に秘めた鮮烈な精神のもたらした決断である。

国書の書き出しは「上天眷命、大蒙古皇帝、書を日本国王に奉る」（原文は漢文）とあり、末尾には問題の「兵を用ふるに至りては、夫れ孰れか好む所ならん。王其れ之を図れ」があって、「不宣」の文言が置かれる。書き出しには皇帝からの書としてはあり得ない、「奉る」という敬語（末尾の「不宣」も同様）が用いられていること、末尾の「兵を用ふる」云々は蒙古ではありふれた一般的な表現に過ぎないとして、この国書はあくまで平和的に通商を求めたものに過ぎず、恫喝の意思を汲み取ったのは、幕府の過剰反応とする見方も行われているという。(3) しかし通説のように、武力をちらつかせた高圧的な国書という方が理解しやすい。

時宗を頂点に武士たちは結束して国難に当たった。この未曽有の国難に対処する過程で、これまで支配の及ばなかった西国の在地の武士をも動員する権力を獲得するなど、様々な矛盾をはらみつつも、執権の権力はかつてないほど強大化していったが、その背後には源惟康の将軍家としての成熟があったのかもしれない。

2　将軍惟康と和歌会

将軍惟康・執権時宗の時代、御所で和歌の行事が持たれたという記録は乏しい。宗尊親王の鎌倉退去は鎌倉歌壇に衝撃を与えたに違いない。和歌に堪能な臣下がそのまま鎌倉に残されているといっても、幼い惟康を据えての和歌会など考えられない状況であった。しかし父親王時代の盛時は望めないまでも、直ちに和歌が衰えたとは思われない。御所に根付いた和歌の晴《はれ》の行事は、惟康長ずるに及んで花が開かないはずはなかった。記録の網にかからなかったのであろう。ただ和歌史の上で重要な出来事が一つあった。それは僧仙覚が『万葉集註釋』を撰したことである。『万葉集』の成立についての考証や難解歌の解釈などをほどこした画期的な万葉注釈書である。第二章第9で述べたように仙覚は夙に『万葉集』の校訂を手掛けており、その一本を宗尊親王に献じている。

また宇都宮景綱の家集『沙弥蓮愉集』（以下「蓮愉集」と略称）に、「鎌倉二品親王家十首歌中」という題する三首の歌がある。惟康に二品親王の宣下が下りたのは弘安一〇年（一二八七）一〇月、鎌倉を追われたのが正応二年（一二八九）九月であるから、その間僅か二年が親王将軍の時代である。一首だけ挙げておく。

のどかなる波路の春もあらはれて霞によわる志賀の浦風　（蓮愉集三九）

他に「鎌倉前二品親王家にて十首題給ひ侍りしに」ともあるが、これは京での二品親王家であろう。

景綱は宇都宮泰綱の男、頼綱（蓮生）の孫。宗尊親王に近侍し、後に評定衆として執権貞時に重んじられた。歌鞠に長けた教養人。従弟に当る二条為氏と親交を深めた。将軍惟康の信頼も篤く、将軍は二度にわたり景綱第を方違えに用いている。

景綱の家集蓮愉集には将軍家以外に、北条宣時家の探題や続歌《つぎうた》、北条貞時朝臣三島社十首と題する歌が見られる。貞時は時宗嫡男で執権職を受け継いだ果断な政治家であったが、得宗家には珍しい出色の歌人でもあった。三島社十首は、蓮愉集では五か所に及ぶが、三島社奉納和歌は本来将軍家の三島社参詣の一環であった。三島社十首や北条宣時家の和歌会が将軍惟康の時代であったのか、次の久明親王の代であったか、あるいは代を跨いでいたかは分からない。

平宣時朝臣もとにて題をさぐり侍りしに　藤原（宇都宮）景綱

わがきつる雪にわかなの跡をみてつみおくれぬとたれいそぐらん　（蓮愉集二四）

春寒きけさの若菜にさは水のこほりながらやねぜりつむらん　（同二五）

詞書の宣時は大仏流朝直男（初め時忠と名のる）。執権貞時の連署を勤める。陸奥守・遠江守。『徒然草』第二一五段に、宣時が最明寺入道時頼の邸に招かれ、小土器に残っていた味噌を肴にして盃を交わしたという逸話が伝えられている。一般的には鎌倉武士の質素な日常生活を語るエピソードと受け止められている。一部には性的倒錯の一種であるスカトロプレイとする見方があるが、これは面白すぎて鎌倉武士のイメージとかけ離れている。正安三年（一三〇一）に出家。続拾遺以下の勅撰集に三九首入集。

右の二首を含めて景綱歌は、この探題和歌の歌九首を収める。成立期は将軍惟康の時代であった可能性がある。

平時範がときはの山荘にて、寄花祝といふ事を詠める
藤原（宇都宮）景綱

うつろはで万代にほへ山桜花もときはのやどのしるしに　（蓮愉集七六）
桜さく庭の木するゑにうづもれてまがきは山とかかる白雲　（同七）

詞書の時範は時茂の男。母は政村の女。嘉元元年（一三〇三）父の時茂と同じく六波羅北方探題に就任して徳治二年（一三〇七）八月一四日に没した。従五位上、遠江守。勅撰集には新後撰集に二首入集。「うつろはで」は新後撰集に採られている（新後撰集一五九二）。時範の和歌会が将軍惟康の代であったとすれば、時範二七歳までの催しである。

惟康自身は歌を遺さなかったが、将軍惟康の時代の現実歌、いわゆる褻《け》の歌を僅かに新後撰集から拾い出すことができる。

平時茂みやこにて身まかりにける後、あづまの月をみて読み侍りける
時範

めぐりあふこれやむかしのあとぞともいつかみやこの月にみるべき　（新後撰集一五三九）

性助法親王かくれ侍りてのち、法眼行済高野に侍りけるにつかはしける

人よりもしたふ心は君もさぞあはれと苔のしたにみるらん

（道洪法師）

（新後撰集一五〇三）

時範歌の詞書の時茂は重時の男。作者時範の父。摂津・若狭の守護職、小侍所別当を歴任して、評定衆に任じられた兄の長時（後に執権となる）に替わって六波羅北方探題に任じられた。徳治二年（一三〇七）八月、同職のまま逝去。勅撰集には続古今以下四首入集。時範が父の訃報を受け取ったのはまだ六歳の少年。詞書に「平時茂みやこにて身まかりにける後」とあるから、少なくともそれから数年後の歌である。鎌倉の月を見ながら、「いつかみやこの月」に父の俤を見るだろうか、と将来を予見したような歌である。この歌は『蓮愉集』にも収録されている。

時盛歌の詞書の後嵯峨院第六皇子の性助法親王が薨じたのは弘安五年（一二八三）一二月一九日。法眼行済は仁和寺法眼で性助法親王に親しく仕えた僧、続拾遺集以下の勅撰集に二二首入集する歌人。道洪法師こと安達時盛は泰盛の弟。前章で述べたとおり許可なく隠棲して所領を収公され、弘安八年（一二八五）高野山にて死去。行済とは和歌を通じての交友であったらしい。

3　将軍交替と『とはずがたり』

将軍惟康は未曽有の国難に果敢に挑む時宗の背後にあって、ともすれば影が薄く感じられるが、将軍家あっての執権であることに違いはない。弓馬に長じた時宗が望んだのは、武家の棟梁としての将軍家に相応しく、源氏将軍でなければならなかったとみられている。惟康が源氏姓を賜り、従三位、左衛門中将に任官したのは文永七年（一二七〇）一二月二〇日であった。頼朝の再現ともみられる。ともかくこの体勢で幕府は文永・弘安の二度に亘る国難を乗り越えることができた。

宗尊親王の時代と打って変わり、激動の時を刻んだ将軍惟康の時代であった。時の申し子のごとき時宗は、弘安の役の余燼がまだ消えない弘安七年（一二八四）に卒去。三四歳の若さであった。朝廷は除目、諸社の祭礼を延引してこの英傑の死を悼んだ。

時宗の跡を継いだのは嫡男の貞時であるが、まだ一三歳の少年に過ぎなかった。貞時には藩屛となる身内がなく、実権は母方の伯父にあたる安達泰盛が握るが、泰盛の施策が御家人の既得権を犯し得宗家の権益にも抵触したことから幕府内で孤立し、弘安八年（一二八五）一一月、貞時の乳母の夫である平頼綱の讒言により安達家は亡ぼされた。いわゆる霜月騒動である。『保暦間記』によれば、最有力の御家人であった安達泰盛と得宗家の内人であった平頼綱の対立に発した事件である。泰盛の嫡子宗景がにわかに源氏を名乗ったのが事件の発端である。宗景の祖父の景盛が頼朝の実子だというのが主張の根拠である。それを宗景が将軍になろうとする証拠だと頼綱が讒言したのが安達家滅亡のきっかけであるという。さらに泰盛が源家に伝わる名剣〈鬚切〉を所有していたことが『相州文書』所収の『法華堂文書』の貞時寄進状に裏付けられたことなどによって、渡邊晴美は、『保暦間記』の信憑性が高く、安達氏に現将軍にとって代わろうとする意識が多分にあったと言い、問題の核心は「御家人たちの心の中に源氏による将軍の復活という願望が少なからずあった」ことだと述べる[4]。

安達氏の滅亡により、平頼綱が独裁的な権力を振るうようになったが、得宗家の家政機関の長（内管領）に過ぎない頼綱の政権は、将軍家に直属する御家人によって構成される幕府機構と矛盾しており、やがて正応六年（一二九三）四月、貞時は幕政を壟断していた頼綱とその一族を粛清する。平禅門の乱と称される事件である。二二歳に達した貞時には既に少年の俤はなかった。強力な権力を担い決断力に富んだ執権の登場である。

一方その間、将軍家にも大きな変動があった。弘安一〇年（一二八七）一〇月四日、源惟康は二品親王となった。見方によれば元に対する臨戦態勢の解消ともとれるが、将軍家が源氏であることが不都合と判断されたことを意味する。弘安徳政は幕府の実質的な全国政権を目指したものとされるが、それを推し進めた安達泰盛は、源氏将軍の「延長戦上に全国政権としての幕府を描いていた。源氏将軍は全国政権を目指す象徴ともなっていた」と言われ、安達氏を倒した内人平頼綱によって泰盛の政策が否定され、それに伴って源氏将軍である必然性が消失したと言われている。(5)

惟康の親王宣下には、惟康追放先の確保という思惑があったのかもしれない。親王惟康はやがて都へ追いやられる。かつて時宗と宗尊親王との間にあった権威と権力の不均衡が、貞時と惟康との間に生じたことが、惟康更迭の背景にあったのかもしれない。

幕府の思惑に翻弄された惟康親王の素顔を窺うことは難しいが、正応二年(一二八九)の放生会と将軍更迭の場面を描写した後深草院二条の『とはずがたり』は歴史の貴重な証言であった(引用は『新日本文学大系』を用いた)。

鎌倉の新八幡(鶴岡八幡宮—筆者注)の放生会といふ事あれば、事のありさまもゆかしくて、立ち出でてみれば、将軍御出立のありさま、所につけてこれもゆゆしげなり。……赤橋といふ所より、将軍、車より降りさせおはします折、公卿殿上人、少々御供したるありさまぞ、あまりに卑しげにも、物わびしげにも侍りし。……

放生会《ほうじょうえ》は八月一五日に鶴岡八幡宮で営まれる年中行事である。将軍家の凛々しい姿に対し公卿殿上人が少なく、なんとなく田舎じみて侘しい、というのは、宮廷という雅の極まる世界に生きた高貴な女の視線である。後深草院二条の眼は鋭く、権勢を誇る平頼綱の嫡男（宗綱）が侍所の所司として参上し、さながら関白のように振舞っているのを「ゆゆしかりし事」と眉をひそめている。

惟康親王の上洛はそれからひと月後の九月一四日、将軍御所の対の屋に畳表を貼った粗末な輿を、先例に倣って前後さかさまに寄せる。それに先立ち侍所の小役人が、土足のまま御所に上がり簾などを引き下ろすといった振舞いに及ぶ理不尽さを『とはずがたり』は「いと目もあてられず」と記す。親王は後ろ向きに乗せられたわけで、父の宗尊親王の場合と同じく罪人扱いである。罪なき者を貶めるには、何らかの罪を捏造するしかない。冤罪であることは公然の秘密である。権力者の非情な扱いの反面、将軍に心寄せる御家人が、従者を親王のお供に付き添わせて見送る姿もあり、さまざまな思惑の絡んだ別れを、二条は生き生きと捉える。惟康親王も宗尊親王と同じく佐助の谷（北条時盛・経時の邸）に輿が運ばれ、そこから京へ向けて上るというコースを辿ったと記すが、聞き伝えながら、二条の筆には無念さが籠る。出立の日は雨で、輿には筵が被せてあり、親王が乗り込んでもしばらく庭に舁き据えてあり、親王が度々鼻をかむ音が聞こえ、「御袖の涙も推し量」られたという。二条は宗尊、惟康父子に心を寄せつつ次のような歌を詠んでいる。

五十鈴川おなじ流れをわすれずはいかにあはれと神は見るらん

「五十鈴川（天照大神）おなじ流れ」とは両親王とも天孫であること。それを知れば神もどんなになげくだろうか、の意。「将軍と申すも、夷《えびす》などが、をのれと世をうち取りて」将軍になったのではなく、皇族という高貴な存在であり、それにもかかわらずというのが、京育ちの貴族の思いである。

その後深草院二条は乞われて和歌の指導をしている。出家の身でありながら才媛の噂は貞時や頼綱の知る所となり、頼綱の妻から東二条院（藤原公子　後深草院妃）より賜った五衣《いつつぎぬ》（十《じゅう》二単《にひとえ》）の縫製の指導を依頼され、さらに貞時から新将軍（後深草院皇子久明親王）の常の御所の「御しつらひ」の点検を要請される。和歌の指導を仰いだのは頼綱の次男平資宗、通称飯沼新左衛門である。資宗は「歌をも詠み、数寄ものといふ名」を取った二三歳の若者で、しばしば二条を招き続歌や連歌の会を開いている。どのような歌人が集ったのかは分からないが、二条を和歌の師としての時ならぬ雅の花が鎌倉に薫ることになった。資宗らとの親交は、途中善光寺参詣などの行脚による中断を挟んで、翌年の九月まで続く。別れに当たって、資宗は別れの盃を据えた折敷に次のような歌を書き記して二条に送っている。

わが袖にありけるものを涙川しばしとまれと言はね契りに　　（『とはずがたり』一〇二）

涙川は私の袖にあったことよ、もう少しこの地に留まるようにとは言えない、前世からのはかない契りに流した涙の故に、という意。次の歌は旅の衣の餞別に添えた歌である。

着てだにも身をば放つな旅衣さこそよそなる契りなりとも　　（同一〇三）

「よそなる契り」とは、よそよそしい仲のこと。この「よそなる契り」が周辺の人たちに特別な仲と誤解されて、二条は次のような返しを詠んでいる。

乾さざりしその濡れぎぬも今はいとど恋ひん涙に朽ちぬべきかな　　（同一〇四）

あえて誤解を解こうとはしなかったが、今はその濡れ衣はあなたを恋しく思う涙で朽ちてしまいそうだ、の意。尼なりとはいえ二条は未だ三二歳。宮廷で女の喜びと悲しみを味わい尽くした二条には、この若者を手玉に取るなど赤子の手を捻るようなものだった。美は浮名に比例する。未だいささかも衰えない二条の容色がどれほど多くの若者たちの憧れを掻き立てたか計り知れない。

資宗は内人の身分でありながら、その後、五位検非違使尉に任官するという異例の出世を遂げる。新将軍を迎える使者も勤めた。京においても数寄者と見られ、検非違使として参列した葵祭における華麗な出で立ちは「其体大美。凡非所及言語也」と『実躬卿記』（正応五年四月二三日）の記すところであった。ところが正応六年（一二九三）四月、幕政を壟断した頼綱とその一族を貞時は誅殺する。平禅門の乱といわれるこの政変によって、父とともに資宗も誅されてしまった。

『とはずがたり』は、貞時邸の敷地の一角に建てられた入道頼綱の別棟は、金銀珠玉をちりばめ、「光耀鸞鏡を磨いて」（背面に鸞を描いた鏡を磨く）というのはこのことでは、と評している。走り出てきて二条を迎える頼綱の、「馴れ顔に」作者に寄り添った振舞いを、恥ずかしさでやせ細る思いがしたと述べる。基本的には鎌倉武士を「夷」と見下す尊貴の女の嫌悪感が率直に述べられている。

注

（1）細川重男『鎌倉北条氏の神話と歴史―権威と権力』「右近衛大将源惟康―得宗専制政治の論理」

日本史史料研究会企画部　二〇〇七年一〇月

（2）上横手雅敬『鎌倉時代　その光と影』吉川弘文館　二〇〇六年一二月

（3）石井正敏　ＮＨＫさかのぼり日本史　外交篇［武家外交］の誕生『なぜ、モンゴル帝国に強硬姿勢を貫いたのか』ＮＨＫ出版　二〇一三年五月

（4）渡邊晴美『鎌倉幕府北条氏一門の研究』「北条貞時政権の研究―弘安末年における北条貞時の実態分析―」汲古書院　二〇一五年二月

（5）秋山哲雄『鎌倉幕府滅亡と北条氏一族』「敗者、北条氏」吉川弘文館　二〇一三年五月

第五章　鎌倉の歌道師範

1　安嘉門院四条

宗尊親王という巨星を失った鎌倉歌壇を支えたのは、歌道家などの専門家人以外にも関東祇候の廷臣や鎌倉を訪れる公家や僧などであったと考えられる。前章で挙げた後深草院二条もその一人であるが、弘安二年（一二七九）訴訟のために鎌倉に下り、数年を過ごした阿仏尼も気になる存在である。類まれな才能に恵まれたこの阿仏尼こと安嘉門院四条の名は鎌倉にも知られていたはずで、鎌倉の歌人が捨て置くはずはなかった。しかし彼女の旅日記『十六夜日記』は、京の親しい知己や子息の為相・為守などとの書簡や歌の贈答で埋め尽くされている。鎌倉歌人との交流に関して信頼すべき記録はないが、わずかに左記のような説話的なものが遺されている。

冷泉家の母阿仏と申す人、先代の始、平泰時歌よむべき故実たづねられし一帖のなかに、源氏の歌とて

袖ぬるる露のゆかりと思ふにも猶うとまれぬやまとなでしこ　（雲玉抄一六三）

日蓮上人は、冷泉の母阿仏に見え、古今なども相伝あるにや、法師歌のやうにもなく、悪鬼入其身の心を

おのづからよこしまにふる雨はあらじ風こそよるの窓を打ちけれ　（同五五一）

最初の例は、泰時が詠歌の参考にすべき故実を阿仏尼に尋ねた時、阿仏尼から寄せられた一帖の中に「袖ぬるる」という『源氏物語』の歌があったという趣旨である。阿仏尼と泰時には直接的な接点はない。泰時が承久の乱の総大将として京に上り六波羅にとどまった頃は、阿仏尼は生まれたかどうか微妙であり、阿仏尼が鎌倉の下向した弘安の初め頃は、泰時没しておよそ四〇年である。「先代の始」とあるのは、天皇の代と思われるが、いずれの天皇か特定できない。

次の例の、阿仏尼の鎌倉下向時は日蓮の最晩年に当たり、両人が出会う可能性はある。日蓮が阿仏尼を訪ね、法師の歌のようでそうともいえない次のような体は、古今集あたりにもあるのかと聞いたというのである。この二首を収録

阿仏尼の墓
為相の邸宅の在った藤ガ谷とは、線路を挟んで向かいあっている。

する『雲玉和歌抄』（雲玉抄と略称）は納叟馴窓撰。永正一一年（一五一四）成立（引用は『新編国歌大観』を用いた）。多くの説話を含む特異な撰集である。阿仏尼が御子左家の、あるいは冷泉家の歌詠みとして世に高く評価されていた証しにはなるだろう。

阿仏尼が鎌倉の人を日記から締め出した理由はわからないが、鎌倉の風光には侘びつつも無関心ではなかった。卯月の末になっても阿仏尼の住む極楽寺あたりの谷戸には杜鵑の初音を聞くことができない。比企の谷戸ではあまた鳴いていると人伝てに聞いて一首を詠んだ。この「人伝て」が『十六夜日記』の唯一の鎌倉人であろう。鎌倉にとっては貴重な歌なので挙げておく。

忍び音は比企の谷なる時鳥雲居に高く
　いつか名乗らん

「忍び音」は未だ心細そうに小さく鳴く

比企ガ谷の妙本寺。山門の脇に山門の脇に「比企能員邸跡」と刻した石碑が置かれる。阿仏尼が歌に詠んだ当時の比企ガ谷には、能員の末子能本が菩提を弔うため、自邸を日蓮に施入した法華堂があったと考えられる。これが妙本寺の前身といわれている。

さま。低く鳴く意からヒキ（比企）という地名に転換させる。このような手順を踏まなければ、歌枕でもない地名を詠むことができないのが和歌である。鎌倉の地名が滅多に詠まれないのは歌枕の乏しさによる。この問題は後に詳述する。

歌の師は対面しなければ得られないわけではない。例えば将軍時代の宗尊親王は、為家や基家などを師と仰ぎ、合点や判を書面で得た。『十六夜日記』によれば、為相は鎌倉の阿仏尼に五〇首の和歌を送り指導を乞うている。その内一八首も合点が付けられるほどの佳作で、阿仏尼は「心の闇の僻目」（親の欲目）かといぶかしく思ったという。後に為相は鎌倉歌人の主要な師範となった。

以下、歌道家の鎌倉における痕跡を、鎌倉歌人の作品に見ることにする。

2　為氏・為世

大納言為氏卿関東へ下り侍られし時、十首歌合時
夏深き山井の水に影とめて秋風ちかくすめる月かな　（蓮愉集二一四）

為氏は御子左為家の長男。母が宇都宮頼綱女であったことから幼少よりしばしば関東に下り、和歌の指導に努めた。右の歌合は宇都宮での催しであったかもしれないが、為氏と関東の縁は

深く、鎌倉は荘園をめぐっての阿仏尼との相続争いの場ともなった。亀山院から続拾遺集撰進の院宣を受け、弘安元年（一二七八）奏覧、関東では新和歌集の撰にかかわるなど、御子左家の嫡流として当代和歌の興隆に努めた。周知のように、為氏の代で御子左家は、為氏、為教、為相の三兄弟がそれぞれ二条、京極、冷泉の三家に分裂した。

為世あづまにまかれりし比、式部卿親王ならびに平貞時朝臣など此道の師範にさだめられ侍る時題をさぐりて歌よみ侍りけるに、浦を

藤原（宇都宮）景綱

この春ぞあづまに名をばのこしける代代の跡あるわかの浦波

（続千載集一九三一・蓮愉集五六一）

侍従中納言為世卿鎌倉に下向のとき、十首題人人によませ侍りしに、寄月述懐といふ事を

しるべする光なければ秋の月よにいでおとる身をもうらみず

（蓮愉集五六五）

侍従中納言為世卿関東下向の時、今宮の十首歌合のとき

なほちぎれのちせの山のあをつづらたのむもなかばするゑぞくるしき

（同四六一）

一首目の「この春ぞ」は、為世が八代将軍久明親王と貞時の歌道師範になったことを祝う和歌会の歌である。「浦」を引き当てた景綱の歌は為世の心を歌ったもの。「代代」は蓮愉集では「四代」と表記する。俊成から為氏までの四代とも考えられる。

次の「しるべする」は、自分には月の光も当たらないから、沈淪するわが身も見えず恨みようもないの意らしい。出家の境涯を歌ったものと思う。この十首題の催しに景綱は掲出歌以下五首を収録している。次の歌の詞書「今宮の十首歌合」は宇都宮での催しである。これも掲出以下五首を収録している。

為世は為氏の男、母は飛鳥井教定の女。新後撰集・続千載集を撰進、私撰集『続現葉集』を撰んだ。両統迭立の時代にあって、為世は大覚寺統の後宇多・後二条・後醍醐天皇に近侍した。新後撰集を撰して程なく、持明院統の伏見院から京極為兼（叔父の京極為教男）に次の勅撰集撰進の命が下りようとするに及んで、訴陳状を朝廷に奉り、為兼もそれに対抗するという対立を生んだ。今日その一部が「延慶両卿訴陳状」の名で伝えられている。結局為兼が撰進することになった。玉葉集がそれである。皇統の対立に絡んで歌道家も分裂を余儀なくされたが、為世は御子左家の嫡流であり、歌壇の第一人者としての地位を守りぬいた。

権中納言為兼卿永仁元年歳暮之比、関東に下向侍りしに、世上事悦ありて帰洛侍りし

時、道より申し送られ侍る

としくれし雪を霞にわけかへてみやこのはるにたちかへりぬる（蓮愉集五四二）

(宇都宮景綱)

返し

雪降りて年くれはてしあづまのにみちある春のあとはみえけん（同五四三）

三島社にたてまつらんとて、平貞時朝臣すすめ侍りける十首歌の中に、松雪を

前大納言為兼

山おろしの木するゐの雪をふくたびに一くもりする松のしたかげ（風雅集八三七）

当時伏見天皇に近侍して権中納言に累進した為兼が、いかなる所用で鎌倉に下ったかは分からない。永仁元年（一二九三）といえば、八月に伏見天皇が為世・為兼・飛鳥井雅有・九条隆博の四人に勅撰集の撰者を命じた年に当たる。なお、この時の撰集は雅有・隆博の逝去、伏見天皇の譲位、為兼自身が讒言によって佐渡に配流されるなど理由で延引し、上に述べた為世との対立の後、為兼一人に撰進の院宣が下ることになった。政争に巻き込まれ二度までも配流の憂き目にあった波乱の生涯を送った為兼には、鎌倉で席を温めるいとまはなかった。それにしても永仁元年の暮に為兼が急遽帰洛しなければならないような、いかなる「世上事悦」があったのか。慶事といえば一一月に、亀山法皇が南禅寺を建立したことくらいである。

ともあれ鎌倉との慌ただしい別れの後、都へ上る道中から景綱へ送った歌は、年が明けて春になったので、これまで雪を踏み分けていたのを今は霞を分けて、と洒落ている。返しの景綱歌は、雪で隠れていた東の野の道も現れ、春が通った痕跡が見えたことでしょうと応じている。春は東から到来すると考えられていた。

貞時の三島社十首歌奉納は蓮愉集によれば数度に及んだようである。為兼鎌倉滞在中に依頼したものだろう。とすれば貞時の三島社和歌奉納の成立期が特定できる唯一の例が右の「山おろし」の歌となる。いかにも為兼の歌らしく、一陣の風によって松の梢の雪が払われ、一瞬あたりが曇るさまを映像のように描いている。その為兼が信頼していたのが冷泉為相である。玉葉集の撰者として為相を加えることを切望したほどである。結局は為兼一人に撰集の院宣が下りたのだが、両者の信頼関係を語る出来事である。

3　冷泉為相

延慶三年八月十五日平貞時朝臣よませ侍りける五首歌に

前中納言為相

うき人のわが面影といひおかば来ぬ夜の月もなぐさみなまし

（新千載集一三六七・藤谷集二三四）

平貞時朝臣家屏風歌　　前参議為相卿
をりてみむ軒ばの梅のくれなゐにうすくふりなす雪の一枝　（夫木抄六五一・藤谷集九）
正応五年三島社十首歌、海辺霞　（参議為相卿）
くるる日の夕なぎ遠き波路よりかすみを出でてかへる舟人　（夫木抄五一〇）
嘉元元年式部卿親王家続千首、早苗多　参議為相卿
おそくときかたこそかはれ山がつのさなへの小田にたたぬ日ぞなき　（夫木抄二五四〇・藤谷集七八）
平宗宣すすめける十首歌、霞　参議為相卿
はなとりは猶ところわくなさけにて霞の見する春ぞあまねき　（夫木抄五〇九）

初めの二例とも為相と貞時の親密な交流を示す。「うき人の」は待つ女の心を詠んだもの。つれない人が月を自分の俤だと言ってくれたのなら、来ない夜でも月が慰めになるだろう、という意。虚構の恋の中で変身願望すら満足させてくれる恋歌のおもしろさは歌詠みにしか分からない。和歌の中軸には享楽が息づいている。

次の「をりてみむ」の繊細な美意識は為相の特質の一つと言ってよい。「正応五年三島社十首歌」は貞時の勧進だと思われる。三〇歳の正応五年（一二九二）以降多く関東にいたらしい。

この歌も為相の特色をよく示している。「おそくとき」の歌は、題詠とはいえ、生きる世界を異にする者への興味の域を越えて、農作業の実態に即した見方をしている。作業に遅速があるから場所を交替してかかれという趣旨である。嘉元元年（一三〇三）の久明親王家の続千首の為相歌は他に夫木抄や家集『藤谷和歌集』（藤谷集と略称）に八首ばかり伝えられている。

北条宗宣が勧めたという十首歌の「霞」を為相は、花や鳥と違って、見渡す限り春の風情を漂わせると歌う。宗宣は大仏流宣時男、幕府の要職を経て晩年第十一代執権に就任した。為相とは貞時に劣らぬ親交を持ったらしい。為相のみならず、為世にも「住吉社三十六首歌」をすすめている（続千載集七七五）。北条氏の代表的な歌人で押しも押されぬ勅撰集歌人である。

本章第1節に採り上げた『十六夜日記』に語られていたように、為相は父のみならず母の阿仏尼から歌学の薫陶を受け、決して派手ではないが誠実に対象を観る手法を磨いていった。領地の訴訟問題もあって、鎌倉在住が長く藤《ふじ》ガ谷《やつ》に居を構えて鎌倉の歌人たちの師として活躍した。屏風歌を作るのは専門家人の仕事の一つである。将軍家の式部卿親王、執権貞時も和歌を愛したので、六代将軍宗尊親王の時代に次ぐ歌壇の盛り上がりが考えられる。

新後撰集にもれて侍りける時、貞時朝臣とぶらひて侍りければ　　藤原為守

わかの浦のともをはなれてさよ千鳥その数ならぬねこそなかるれ　（玉葉集二四五一）

返し　平貞時

なくねをもよそにやはきく友千鳥すむ浦ゆゑぞ遠ざかるらん　（同二四五二）

「わかの浦の」の作者、為相の同母弟為守もおそらくは兄と同行して鎌倉に下向していた。為世の撰した新後撰集から漏れたことを嘆き引きこもっていたのを、貞時が見舞ったのである。「わかの浦のとも」とは勅撰集に採られた友人知人たちである。貞時は「なくね」をよそ事には聞きません。友千鳥である私が共にすむ所だが、浦であるゆえに、いつしか「わかの浦」から遠ざかったのでしょう、と慰めにかかる。ちなみに新後撰集には為相は四首、為兼は九首、将軍家の久明親王は二首、当の貞時は五首も採られている。為守はますます傷ついたことだろう。

ところで雲玉抄には次のような興味深い記述がある。

為世卿は、為氏の嫡子にて、二条家をおこし、続千載撰ぜられし人の歌に

人はまだわたらぬ松の梢をも風こそわたれあまのはしだて　（雲玉抄五二四）

橋立によそへたるは、さる事なれど、もとより人の松の梢をわたる物かとて、せめて

はさるはまだわたらぬとよまれざりしとて、京わらはも申せしとかや、されども撰者になり給ひぬ。為相は上手にて文書ものこらず相伝ただしけれど、果報うすきにや、平泰時をたのみ鎌倉藤谷殿と申しき。京におはさざれば撰者になり給はず、経信、並びなき作者にて、時代不同御歌合に人丸につがはれし、一流をもたてし人なれど撰者にあらず、光俊、さしての作者ならねど後拾遺撰ぜられしとなり

説話や伝説などを交える雲玉抄の記述にはこのようなおもしろいものが少なくない。「人はまだ」の歌を京わらわが、せめて「さる（猿だろう）はまだ」と詠むべきと言ったという。「猿」であれば狂歌にしかならないが、それはともかく、為相と為世、そして経信と光俊を比較しての評価は見過ごすことができない。左注の「平泰時」は錯誤で貞時でなければならず、文末の後拾遺集は続古今集の誤り。記述に杜撰なところはあるが、室町後期にはそのような評価があったのである。決して荒唐無稽の品定めとは言い切れないものがある。

4　藤谷和歌集

為相は雲玉抄も触れているように、鎌倉の藤ガ谷に邸を構え、貞時以下の歌道の指導に当たった。その近くの浄光明寺に為相の墓があるが、終焉の地が鎌倉であったのか京であったのか明

確ではない。いずれにしろ為相は三〇歳ごろから享年の六六歳までの多くを鎌倉で過ごした。

家集『藤谷和歌集』は後の室町後期に冷泉家の人もしくは門人によって、勅撰集・夫木抄・『嘉元百首』他から撰ばれたもので、(1) 所収歌三一九首。鎌倉歌人の歌を捉える手がかりともなると考えられるので、いくつか取り上げて為相の特色の一端に触れてみることにする。為相は為家が庶幾して平明枯淡な詠風を重んじ、京極派的な清新さに共感しつつ独自の境地を求めたとするのが通説であろう。

鋳武彦はそうした通説に添いつつ、まずは母阿仏尼の薫陶を挙げる。阿仏尼は詠歌の心得として「……又、四季の歌にはそら事したるはわろし。唯ありのままの事をやさしくとりなしてよむべし」(夜の鶴)という。そうした阿仏尼の教えに清新な叙景歌を特色とする甥(といっても為相より九歳も年長)の為兼との親交、さらには旅による「自然や風景に対する造詣」の深まりを挙げ、限定された歌語にとらわれない自

為相の墓（浄光明寺）
浄光明寺入り口の石碑には「ふぢかやつ黄門の墓」と刻まれている。

由な詠風を拓き、それが個性を大切にせよ、という冷泉家歌学の確立につながったという。(2) おおむね従うべき為相評価であるが、以下本書なりの視点を加えて為相の詠風を述べることにする。

百首歌の中に

山路より出でてやきつる里近きつるが岡部に鳴くほととぎす　(藤谷集七五)

雑歌中に

谷陰や木ぶかきかたにかくろひて雨をもよほす山鳩の声　(同二四五)

「山路より」歌の「つるが岡部」は鶴岡八幡宮の杜をいう。この地を含めて鎌倉の土地が歌に詠まれることは滅多になく、それだけで注目される一首である。杜鵑が遠方の山から里近い社に近づいてくる様をことさら想像してみるところにこの歌の特色がある。杜鵑の声を空間的映像として位置づけようと試みた作品である。

次の歌は、鳩の歌としてはユニークである。鳩を歌うこと自体が少なく、友を呼ぶ鳩という限定されたイメージがあり、それ以外の興を鳩に見出すことは為相以前には極めて稀である。大半は鳩の鳴き声をまねて狩をする「鳩ふく声」あるいは長寿のご祝儀ものとしての「鳩杖」が歌われる。為相の歌は、谷の木陰に隠れて鳴く鳩の陰鬱な声を「雨をもよほす」と、鳩にまつわる和歌の固定的観念を排して自らの感性に忠実に詠んでいる。時代を先取りした新しさである。

京と鎌倉を幾たびとなく往復した為相らしく、得意な主題の一つに羇旅がある。左記の歌は鎌倉へ下った旅を詠んだ「海道百首歌」の相模の歌である。

竹下　さがみ

山深み杉のしげみに吹き落ちてふもとによはる竹の下風　（藤谷集二九一）

小田原　同

つくりあへぬ春のあら小田はらひかねよもぎながらに今かへすらむ　（同二九二）

大磯　同

松の木だち岩打つ波のけしきまでげにもところはおほいその浜　（同二九三）

蘆川　同

ひと夜とも宿をもかへずあまたたびたちよりて見るあし川の里　（同二九四）

片瀬川　同

うちわたすいまやしほひのかたせ河思ひしよりも浅き水かな　（同二九五）

いずれも地名を詠みこんでいるが、和歌にとって地名はそのままでは使えない原石であり、時の流れに磨かれ歌枕という宝石にならなければ、原則として歌うことはできない。1節でみた阿仏尼の比企の歌のように、なんらかの技法を弄しない限り和歌に取り込むことはできない。いきおい原石をいかに巧みに歌うかという手管が歌を成り立たせることになりかねない。それはそれでおもしろいのだが、右の歌はいずれもことば遊びの域を越えて、実景や体験を鮮やかに捉えている。

「竹下」を詠んだ歌は、遠景から近景へと視点を移動させる、上に挙げた「山路より」(藤谷集七五)の歌のような手法で、景の奥行きをあざやかに捉えている。次の「小田原」を詠んだ歌は、地名を隠し題にして取り込み、作るのが難しい荒れた田の雑草を取り除くことが出来ず、蓬《よもぎ》ごと土を起こしている農夫の労苦を捉える。言われているように、庶民の営みに目を注ぐのも為相の特色である。「大磯」の場合は、景観を捉えつつそれを地名起源に仕立てたおもしろさがある。「蘆川」を詠んだ歌は、その素晴らしさを自身の行為を通して讃美したもの。「たちよりて」の「たち」(立ち)の縁で「脚」(蘆)を導く。片瀬川を渡ればいよいよ鎌倉である。「片瀬川」の歌は、片瀬に潟を掛けて潮干の河口の景を捉えている。

百首歌奉りしに、月

風すさぶかきほの下の草ばにで落つれば露をしたふ月影　（藤谷集一二一）
　嘉元元年百首歌奉りける時、霧
露しろき草のうへより晴初めて遠かた野辺に残る朝霧　（同一三三）
　嘉元元年百首歌奉りける時、雪
霜までは千種のあとも見し野辺の雪にわかる秋のおもかげ　（同一七九）

初めの二首は、露という微細な景物を起点あるいは終着点として展開する空間の広がりを光を通して鮮やかに描く、繊細で大らかな詠風である。

情緒的な心象風景ではなく、独自の遠近法で実態を正確に把握する手法をここまで極めたのは為相だけであろう。為兼にも次の例のような歌があり、為相の詠風は明らかに為兼と共鳴する面がある。

枝にもる朝日のかげのすくなさにすずしさふかき竹のおくかな　（玉葉集四一九）
さゆる日のしぐれの後の夕山に薄雪ふりて雲ぞはれゆく　（同九四四）

共通するのはいわば写実性である。正確にいえば写実を装った手法、あるいは情緒性を振り払った景の把握というべきかと思うが、為兼との違いは、景を空間と時間の相に置き、独自の遠近法で把握するところにある。「独自の」と言ったのは必ずしも西欧絵画の基本的は遠近法ではなく、感興の赴くところに従って逆遠近法にも変化するからである。「露しろき」の歌などは逆遠近法の例であろう。

「霜までは」歌は時間的逆遠近法といえるかもしれない。時間的に遠ざかった「秋」が呼び起こされている。三首とも、後宇多院が新後撰集の撰定のために、嘉元元年（一三〇三）に召した百首歌中の作である。藤谷集の魅力は語り尽くせない。

嘉元元年（一三〇三）といえば、その前年の大火で藤ガ谷の邸が焼失していたかもしれない。前年の乾元元年（一三〇二）四月に岩屋堂から出火、多宝塔・浄光明寺などことごとく灰燼に帰した。浄光明寺は藤ガ谷の為相邸のすぐ近くである。またその年乾元元年の暮の一二月にはまたしても鎌倉大火、諸堂・屋舎ことごとく焼亡。死者五〇〇人であったという。翌嘉元元年

浄光明寺
開基は第六代執権北条長時

の七月になってようやく臨時評定が開かれ、すでに執権職を師時に譲って出家していた貞時が出家後初めて出仕し、鎌倉復興に乗り出したものと思われる。

注

（1）　鋳武彦『鎌倉時代中後期和歌の研究』新典社　二〇一二年五月
（2）　注（1）に同じ

第六章　歌人執権貞時と将軍久明親王

1　八代将軍久明親王と和歌

八代将軍久明親王は宗尊親王の弟、後深草院第六皇子。正応二年（一二八九）九月、一四歳で将軍になり、延慶元年（一三〇八）八月、三三歳で退任。時の執権貞時、将軍ともに優れた歌人で、共に為相を師として歌学に励み、和歌も前代以上に興隆したと思われるが、久明親王は宗尊親王の歌才や指導力には遠く及ばず、とりわけ京歌壇をも取り込もうとした政治力も覇気も乏しかった。その故か伝えられる和歌の行事はさほど多くはない。相応の歌人であり鎌倉歌壇にとって貴重な存在で求心力となってはいたが、宗尊親王に比べて影が薄く感じられるのは致し方のないことである。

時宗に皇族の宗尊親王を更迭させたのは承久の乱に立ち向かった北条氏の血であろう。禁忌の掛け金を外しながら北条氏は権力を強化していったが、相対的に将軍家の権威の衰退は避けられない。皇族将軍の二度に亘る更迭が八代将軍久明親王の存在を弱体化したことは否めない。権威と権力のバランスが崩れた政権は、独裁か分裂を招く。幕府はもう一度皇族将軍を更迭した後、瓦解への傾斜を辿ることとなる。

将軍家の権威は親政の形を取らなくても、執政の場に将軍家の意向に添うようにという意識をもたらし、将軍家に対する忠誠を原点にした政策を採らせることになる。将軍家と幕臣の間にそのような関係が結ばれていたのは、初めての皇族将軍とそれを実現させた時頼の時代ではなかったかと思う。宗尊親王は単なる歌狂いの将軍ではなかった。

個人としての歌の才能は別にして、久明親王には宗尊親王のような恵まれた環境は与えられなかった。それでも歌への情熱は已みがたく、心に染みるような佳作を遺している。勅撰集には二二首入集している。一部を挙げておこう。

(題しらず)　式部卿親王

くれて行く秋のなごりはおしてるやなにはの葦もうらがれにけり　(玉葉集八二〇)

(恋歌の中に)　式部卿親王

なにかは今はなぐさのはま千鳥ふみつたふべきたよりだになし　(同一六七二)

月の歌の中に　式部卿久明親王

武蔵野や入るべき嶺の遠ければ空にひさしき秋の夜の月　(続千載集五〇八)

惜人名恋と云へる心を　式部卿久明親王

ながれては人のためうきなとり川よしや涙にしづみはつとも　(同一一〇〇)

二首目「なにかは」歌の「今はなぐさの」は、「今は慰む」から歌枕の「名草」へ転じる。

「ふみ」は「踏み」に「文」を掛ける。四首目の「ながれては」歌は、噂が流れて人のおかげで「うきなとり」（浮名取り）から歌枕の名取川へ続ける。いずれも総じて穏やかで繊細な詠風である。

久明将軍の時代に営まれた和歌の行事のうち、年代が特定できるのは左記の四点である。

永仁六年（一二九八）九月十三夜　式部卿親王家三百首歌
嘉元元年（一三〇三）　式部卿親王家千首
同年　　　　　　　　　式部卿親王家続千首
徳治元年（一三〇六）五月一三日　久明親王和歌会

徳治元年の和歌会は『北条九代記』が開催を伝えるのみで、参加者も作品も伝えられない。他の三つを見ていくことにする。

永仁六年九月十三夜、式部卿親王家三百首歌に、月前恨恋
斉時
曇るともみざりしものを訪はぬまのうらみにかはる袖の月影　（続千載集一五五六）

「うらみ」に「恨み」と「裏」を掛け、袖の縁にしている。涙の袖に月影が映る風情を歌う。作者斉時は義時男の伊具流有時の孫、通時の男で初め時高を名乗る。時基男とも伝えられる。六番引付頭人から二番引付頭まで、生涯引付頭人を勤めた。新後撰集以下に一七首入集する。

嘉元元年（一三〇三）式部卿親王家千首と続千首は夫木抄と藤谷集にそれぞれ延べ一三首、延べ一六首伝えられているが、全て為相の歌である。千首和歌とは歌数・歌題を千首千題に定めて独詠すること（『和歌大辞典』）である。

嘉元元年式部卿親王家千首　遊糸　参議為相卿
雲おほふ雨の空にはみえざりきはるる日待ちてあそぶ糸ゆふ　（夫木抄一〇〇三）

嘉元元年式部卿親王家千首　（雲雀）　参議為相卿
春の野にあがる時のみ声はして草には鳴かぬ夕ひばりかな　（同一八五五・藤谷集五〇）

嘉元元年式部卿親王家続千首　山家夏　参議為相卿
すずしさはいづくもとはじ山ざとの松よりおつる風の下水　（夫木抄三六六九）

径月、式部卿親王家千首　（参議為相卿）
めぐるともすそ野に道をふみかへて月にはゆかじ槙の下陰

（夫木抄五一一二・藤谷集一三九）

嘉元元年式部卿親王家続千首、原虫　　参議為相卿

浅茅原いまはた霜の寒けくにかれぬもまじる松むしの声　　（夫木抄五六〇三）

いずれも実景を彷彿とさせるような詠風である。

いつともしれぬ式部卿親王家の和歌会で歌われた作品は左記のとおりである。まずは詞書と作者のみを挙げる。

①　式部卿親王家にて、寄河恋　　（続千載集一〇九六）　平時敦

式部卿親王家にて、梅花久芳　　（続後拾遺集六一四）　平貞時

式部卿久明親王家　竹不改色　　（新千載集二二八八）　平貞時

②　式部卿親王家　題をさぐりて　　（玉葉集一三二二）　平国時

式部卿久親王家にて題をさぐりて歌よませ侍りけるに、檜雪　（続現葉集五〇三）　斉時

③　式部卿久明親王家三首歌の中に　月前秋風　（続後拾遺集三三二）　平斉時

式部卿親王家三首歌　秋草　　（夫木抄四四六四・藤谷集一〇四）　参議為相卿

④　式部卿親王家御歌《ママ》（ママの記号は原文通り）　（夫木抄一五七五）　参議為相卿

⑤　式部卿親王家和歌所歌　（同四九六〇）　参議為相卿
⑥　式部卿親王家十五夜御会　（同五二七九）　前参議雅有卿
⑦　式部卿親王家御会　（同一六八一七）　前参議雅有卿
⑧　式部卿親王家五十首続歌　（同六一五二）　参議為相卿
⑨　式部卿親王家五十首歌中に　の　（藤谷集一六八）　為相

右の和歌会が管見に入った久明親王家の和歌の行事である。①は同じ和歌会と考えられる。②も同じ和歌会であろう。③の秋の題で歌われた三首歌は、上にあげた永仁六年（一二九八）九月十三夜の三百首歌かとも思われるが、一応年次不明とした。⑥・⑦・⑧も年次不明だが、為相・雅有の官位は、久明親王将軍の在位期間に収まる。⑨も同様と考えておきたい。⑤は、久明親王が宗尊親王に倣って御所に和歌所を置いたことを示し注目される。

おそらく右の記録は氷山の一角に過ぎないものと思う。歌道師範の為相ばかりが目立つが、鎌倉の武家歌人は左記のように僅かに①・②・③の、北条氏の時敦・貞時・国時・斉時の四人の歌が伝わるに過ぎなかった。

順に見ていくことにする。

式部卿親王家にて、寄河恋といふ事をよめる
平時敦
人知れぬこころにあまる涙川袖よりほかのしがらみもがな　(続千載集一〇九六)

式部卿久明親王家にて、梅花久芳といふ事をよめる
平貞時
けふよりの千とせの春を君が代にかさねてにほへ宿の梅が枝　(続後拾遺集六一四)

式部卿久明親王家にて、竹不改色といふことを読み侍りける
平貞時朝臣
万代も色はかはらじこの君とあふげばたかきそののくれ竹　(新千載集二二八八)

式部卿親王家にて題をさぐりて歌よみ侍りけるに、おなじ心(不逢恋)を
平国時
あふとみるその面影の身にそはば夢路をのみや猶たのむべき　(玉葉集一三二二)

式部卿久親王家にて題をさぐりて歌よませ侍りけるに、檜雪
斉時
はつせ山檜原の嵐さえくれて入あひのかねにふれる白雪　(続現葉集五〇三)

式部卿久明親王家三首歌の中に、月前秋風

空清き雲の波路を行く月の御舟の山に秋風ぞふく　（続後拾遺集三三二）

平斉時

一首目と四首目の恋歌は歌題に縛られて類型的になるのはある程度避けがたいが、歌題を無難にこなしている。二首目と三首目の貞時歌は、晴《はれ》の歌の祝祭性をいかんなく発揮した作。一首目の作者時敦は政村の孫。政長男。引付衆、六波羅探題などを勤める。従五位上越後守。玉葉集以下に八首入集。

四首目の作者国時は、『尊卑分脈』では、塩田流義政の男。北条系図では時茂の男。時国の男とも。五位陸奥守。一番引付頭人を勤める。勅撰集には玉葉集に三首入集。幕府滅亡に殉じた。最後の斉時歌、「空清き」の本歌は弓削皇子の「滝の上の三船の山に居る雲の常にあらむと我が思はなくに」（万葉集二四二）である。「はつせ山」の歌も万葉で歌われる地名を詠みこんでいる。この歌を収める『続現葉和歌集』は二条為世の撰と推定されている。いずれも題に従って中世風な季節歌に仕立てているが、万葉の古歌に拠っている。万葉を重んじた光俊（真観）の指導の下に万葉調が浸透した宗尊親王の時代の名残りをみるような印象を受ける。

将軍久明親王の代は、元の更なる襲来に対する備え、元寇の戦後処理という難題に取り組み、その過程で執権の独裁的権力が極まった時代であるが、将軍、執権ともに歌人であり、為相という優れた歌道家を得て、和歌という文化が鎌倉に一層浸透したと想像される。

2　貞時の死と最後の将軍

正安三年（一三〇一）八月、貞時は三一歳の若さで執権職を従兄弟の師時に譲り、突然出家してしまった。それ以降も幕政を指導するが、応長元年（一三一一）一〇月二六日卒去。それに先立ち貞時は、延慶元年（一三〇八）八月久明親王を帰洛させ、親王の王子守邦王（母は惟康親王女）を将軍に擁立している。守邦王は翌年親王宣下を享けて、鎌倉最後の親王将軍となった。幕府が滅亡する元弘三年（一三三三）まで二〇年余りの長期に亘る在位であった。因みに幕府滅亡時に出家し、まもなく没したと伝えられている。貞時は二度親王将軍を更迭し、二度擁立したことになるが、最初は自身のため、二度目は幼い後継者高時のためであろうか。時に高時は八歳。貞時は安達時顕と内管領長崎高綱（円喜）を後見にして高時の成長を待つことにした。ただ久明親王の解任は、頼経以降の歴代将軍と違って、執権との政治的対立が背後にあったとは考えられない。単なる人事異動に過ぎないようにみえる。その点に関して永井晋は、政治の意思決定は執権に委ね、神事・儀礼を主催する鎌倉幕府の首長になり、それに伴い、将軍就任の年齢の低下、成人して後継者が確保されると退任するようになったと言う(1)。つまりは権力を削ぎ取られて権威のみの象徴的存在になってしまったということである。惟康親王までは事実か否かはともかく、将軍家解任は何らかの謀反の罪を口実としていた。何らかの瑕疵を負わせなければ、解任できなかった地位である。もし将軍家に権力が皆無であったとすれば謀反の嫌疑などかけようがないだろう。そういう意味では、謀反とは将軍家に残存する政治権力の証であろう。

年少の高時と久明親王との対立を予測しての手段であったかもしれないが、さながら定期的な人事異動のごとき久明親王の帰洛は、執権（というより得宗家の）専制の極みを表している。時宗・貞時の死去に際して天下触穢が定められたが、近藤成一は彼らが執権であったからではなく、得宗家であったからだと述べている。[2] ともあれ高時が一四歳で執権に就任するまで、貞時出家の折に執権となった師時から、宗宣・熙時・基時と三代に亘り中継ぎの執権が続いた。

東慶寺（写真提供：東慶寺）
開基は北条貞時、開山は北条時宗の妻であった覚山志道尼。久しく尼寺として、女性の権利を保護して、「駆け込み寺」や「縁切り寺」と称されてきたが、現在は臨済宗円覚寺派の寺院である。

安達泰盛を滅ぼして権力を掌中にした得宗御内人平頼綱の専横が憎まれて貞時によって討ち果たされた（平禅門の乱）後、得宗専制政治となり、御家人の利益を保護する目的の徳政令を発布するなどの政治改革が断行されるが、多くの矛盾もはらむことにもなった。高時執権の正和五年（一三一六）から正中元年（一三二六）までの一〇年は比較的政治の安定した時期であったといわれる。執権高時は決して『太平記』（巻第五）の描く、田楽と闘犬にうつつを抜かす暗愚な為政者ではなかった。彼が田楽・闘犬にのめり込んだのは、執権を辞してからである。しかし蒲柳の質であった高時は政務に耐えられず、執権を退き出家を余儀なくされた。高時を補佐したのは、貞時に事後を託された安達時顕と御内人の長崎高綱、連署に就任した幕府重鎮の金沢貞顕などであった。安達時顕は泰盛の弟顕盛の孫、高綱もまた平禅門の乱で亡ぼされた長崎頼綱の一族（光綱の子、系譜ははっきりしない）で、両者の取り合わせは運命の皮肉であろう。この陣営で執権高時の時代は大過なく過ぎていったが、次代得宗の家督をめぐる人事で時顕は高綱と対立し、不調に終わるや出家して幕政を放棄してしまった。一方長崎高綱の専横はとどまるところを知らず、相対的に得宗高時の影が薄くなり、急速に求心力を失ってしまった。そしてそれは、いつ瓦解してもおかしくないほど幕府を弱体化していった。新田義貞軍に攻められ、菩提寺の東勝寺に追い詰められて高時以下の北条一門が自刃して果てたのは元弘三年（一三三三）五月のことであった。

鎌倉幕府はこのように滅んでいったが、和歌史の上では、貞時の死が一つの時代の終焉を思わせる。鎌倉歌壇の中心に坐していた久明親王の帰洛とそれを支えてきた元執権の逝去により鎌倉歌壇には無常の風が吹き渡ったに違いない。仮に歌才に恵まれていたとしても、わずか八歳の守邦将軍には為す術はなかった。師範の為相は久明親王の信任篤く、娘の一人は親王の室となって久良王を生んでいる。久明親王に続いて守邦親王に対しても特別な思いをいだいていたと思われる。久明親王以下有力な弟子を相次いで失った為相は、しばらく帰洛していたが、元亨三年（一三二三）鎌倉に下向し、将軍家を補佐して鎌倉が滅亡する数年前の嘉暦三年（一三二八）に没している。

守邦親王の事績は殆ど伝えられていない。将軍就任の翌年に「御馬始」の儀があり、元応二年（一三二〇）三月、長寿院上棟に臨席（『北条九代記』）、正中元年（一三二四）一二月の「吉書始」（『将軍執権次第』）、そして嘉暦二年（一三二七）一二月、焼失していたらしい幕府造営なり、守邦親王はこれに遷るが、それから三年足らずの元徳二年（一三三〇）二月には将軍御所が火災、親王は高時の第に避難、次いで守時の第に移御したと伝えられる（『将軍執権次第』）。このように守邦親王の面影はわずかに垣間見られるが、親王の影の薄さを最も象徴しているのは、正中二年（一三二五）一二月、高時に男子が誕生した祝いに天皇が御剣と御書を賜り、上皇・皇太子も御書を賜ったという儀（『花園院御記』）であろう。本来ならこれは将軍家のすべきことである。将軍など無きに等しい歴史の記述である。実際には御剣などの賜与はあったものと思われるが、朝廷側の意識には上らなかったということであろう。

歌も遺さぬ将軍であったが、御所での和歌の行事は営まれたはずで、為相は指導者であり続けたと思われる。残念ながら守邦親王が主催したはずの和歌の行事の記録は遺されていない。鎌倉歌壇の最後の頁は白紙とならざるをえなかった。裏表紙は鎌倉幕府崩壊の凄惨な図となる。

鎌倉歌壇を締めくくることになった貞時の晩年と貞時最期に関わる歌を挙げておこう。

平貞時朝臣かしらをおろし侍りけるに（正安三年）、宣時朝臣おなじく出家のよし聞き申しつかはしける　前大納言為世

世をすつるひとかたをこそ嘆きつれ共にそむくと聞くぞかなしき　（新後撰集一四九三）

返し　平宣時朝臣

としたけぬ人だにそむく世の中においてつれなくいかが残らむ　（同一四九四）

平貞時朝臣身まかりて後、鹿のなくを聞きて　平宣時朝臣

けふはまたながきわかれをしたひてや秋より後も鹿のなくらん　（続千載集二〇五四）

平貞時朝臣身まかりにける時、人のとぶらひ侍りける返事に

藤原重綱

おのづからとはばおもひもなぐさまで又涙そふすみぞめの袖　（同二〇八二）

平貞時朝臣身まかりて後、四十九日過ぎてかのあとにいひつかはしける

前中納言為相

跡したふかたみの日かずそれだにも昨日の夢にまたうつりぬる　（風雅集一九九二・藤谷集二五五）

返し

藤原頼氏

そのきははただ夢とのみまどはれてさむる日数にそふなごりかな　（風雅集一九九三）

「世をすつる」の詞書に見える宣時は大仏流朝直男、四位陸奥守。初め時忠と名のっていた。引付頭人、連署を勤める。元亨三年（一三二三）六月逝去。当時としては稀な長寿で享年八六歳。度重なる政争や元寇の国難、災害や病をのりこえて、貞時よりさらに一二年も長く生き延びた。確証があるわけではないが、霜月騒動の黒幕的な存在であり、平頼綱と謀って安達泰盛を滅亡させたともいわれている。子息の宗宣とともに鎌倉歌壇を代表する歌人。北条一門の中では公朝の二九首、宗宣二七首、貞時の二五首を超え、続拾遺集以下三七首の勅撰集歌人。時頼と味噌を肴に酒を酌み交わしたことは第四章に述べた。

四首目の作者藤原重綱は六位左衛門尉安東重綱。得宗家の内人。正和四年（一三一五）一二月二八、上洛して、幕府と対立していた伏見天皇の重臣為兼を召捕り、六波羅探題に拘禁、翌年得宗の守護代を勤めていた土佐に配流。為兼は二度目の配流であったが、ついに京へは帰れなかった。辛い役回りであったと想像される。新後撰集以下六首入集。最後に挙げた歌の作者藤原頼氏は六位左衛門尉尾藤頼氏。頼広の男。得宗家の内人と思われる。玉葉集以下九首入集。

3　その他の勅撰集歌人たち

貞時が没した応長元年（一三一一）当時、健在であったと思われる鎌倉歌壇の勅撰集歌人を、勅撰集歌人の大半を占める北条一族から挙げてみると左記のとおりである。

公篤（名越流）・時見（名越流）・円朝（名越流）・朝貞（名越流）・時有（名越流）・久時（赤橋流）・英時（赤橋流）・範貞（常盤流）・時村（政村流）・熈時（政村流）・時元（時房流）・貞資（時房流）・時綱（時房流）・貞俊（時房流）・宗宣（大仏流）・貞房（大仏流）・維貞（大仏流）・貞直（大仏流）・宗直（大仏流）・貞宣（時房流）・時香（時房流）

彼らは久明親王・守邦親王両将軍家の主要歌人であったはずで、さまざまな和歌の行事に参上したに違いない。

元寇の気配なお払いきれぬ守邦親王将軍の時代は、幕府と後醍醐天皇との深刻な確執と幕府内部の軋轢など、さまざまな矛盾が吹き出して、幕府瓦解に向けて時間は軋むように流れていった。これらの勅撰集歌人たちも時代の糸に織りこまれてそれぞれ苛烈な生を描いている。

これらの二一人の歌人の、勅撰集に入集した最初の歌を挙げることにする。作者名に付した括弧の数値は合計入集歌数を示す。便宜上、数人ずつの区切りとする。


（夏歌の中に）　平公篤（一首）

つれなくもまつべかりける郭公ねぬ夜の月の明け方の空　（玉葉集一九二三）

（恋の歌中に）　平時見（一首）

いとどまた涙は淵となりにけりふちせも知らぬ中川の水　（続千載集一二三八）

（春歌の中に）　法印円朝（一首）

をる人のまれなるにこそ山桜とはれぬやどもなぐさまれけれ　（玉葉集一八九五）

（落花を）　平朝貞（一首）

をしみかねせめても花のちるかたにまたさそはれてゆく心かな　（同一九〇七）

題しらず　平時有（一首）

晴れぬれば残る山なくつもりけり雲間にみつる嶺のしら雪　（続千載集六五五）

一首目の作者公篤は、名越朝時系篤時の男。五位遠江守。新田義貞と戦い鎌倉が陥落した時、東勝寺で高時に殉じて自決した。勅撰集にはこの一首のみ。「郭公」の鳴くを待つ暁の心を歌う。

次の歌の作者時見は公篤の弟で、五位越後守（勅撰作者部類）。確かな経歴は分からないが兄と同様な運命をたどったものと思われる。「中川」は、恋歌で詠み継がれてきた山城の歌枕。

三首目の法印円朝は北条氏系図によれば名越朝時系の五位遠江守宗教の男、園城寺の僧。宗教は、時章・教時兄弟が時宗によって誅された二月騒動の折、父の教時と運命を共にしたとも、紀伊方面最高司令官として楠木正成と戦ったとも言われている。勅撰集にはこの一首のみである。人に知られない山桜の侘しさを詠んでいる。

同じく桜を詠んだ四首目の朝貞は名越流時基男。中務権大輔。幕府での経歴は未詳だが、元弘三年（一三三三）五月の鎌倉滅亡の折、小町口で自害したと伝えられる。歌は過酷な運命とは対極の世界に遊ぶ心を詠んでいる。

最後の率直な叙景歌を歌った時有は、名越流公貞男。朝時から五代の子孫。従五位下、左近将監、遠江守。『太平記』（巻十一　越中守護自害事付怨霊）によれば、越中守護として六波羅探題陥落後、越中において弟の有公、甥の貞持などと反幕府軍と壮絶な戦いをした後、妻子の奈呉の浦入水を見届け、最後の砦となった二塚城に火をかけて自刃したという。

おなじ心を（旅）　平久時（七首）

草枕むすぶともなき夢をだになにと嵐のおどろかすらむ　（新後撰集五八二）

（旅行を）　平英時（五首）

相坂の山こえくれてせきもりのとどめぬさきに宿やとはまし　（続後拾遺集五八七）

題知らず　平範貞（二首）

こえやらで宿とひかぬる時しもあれ嵐ふきそふさやの中山　（続千載集八三八）

題しらず　平時村（一六首）

むら雲のかかると見ゆる山の端をはるかに出でてすめる月影　（続拾遺集二八五）

題しらず　平熙時（四首）

恋すとも人はしらじなから衣袖にあまらぬ涙なりせば　（新後撰集八四八）

久時は赤橋流義宗男。従五位上武蔵守。六波羅北方探題、評定衆、引付頭人、寄合衆など幕府の要職を歴任したが、徳治二年（一三〇七）、貞時の死に数年先んじて三六歳で夭逝している。

父の義宗、子息の英時も勅撰集歌人である。旅寝の侘しい一瞬を率直に捉える現実性も時代の詠風である。

二首目の英時は右の久時男。四位武蔵守。最後の執権守時の弟。鎮西探題となって、反幕府の菊池武時・少弐貞経・大伴貞宗らを制圧、博多の治安にも当ったが、京の六波羅探題の陥落の報が伝わると、それまで従順であった九州の武士たちが離反、金沢種時以下の一族とともに

東勝寺跡（北条氏の氏寺）
『太平記』によれば、元弘3年（1333）、幕府滅亡時に際し、北条高時以下北条一門870人が東勝寺で自害したという。

腹切りやぐら（北条氏一門を供養する）
東勝寺跡の谷の奥に掘削されたやぐら。

自刃。元弘三年（一三三三）五月二五日、鎌倉で北条一門が亡んだ三日後であった。英時のこの歌は事実に即した詠風である。ちなみに最後の執権であった兄の守時は幕府軍を率いて巨福呂坂で戦い、激戦の末須崎（現在の市内寺分あたり）で割腹、壮絶な最期を遂げている。

三首目の範貞は赤橋流の支流常盤流時範男。正五位下駿河守。六波羅探題北方から三番引付頭人に就任。鎌倉滅亡時に東勝寺で自刃した。範貞歌も英時と同じく旅の歌で経験に基づく詠法。

四首目の時村は、執権も勤めた幕府の長老であり歌人として京においても高く評価された政村の男。宗尊親王に近侍。諸芸に秀でた若者から選ばれた昼番衆を勤めるなど、時村の系統は政村の優れた資質を継承して子息の為時、孫の煕時・時仲、曾孫の貞煕も勅撰集歌人であった。四位左京大夫。六波羅探題北方、長門、周防の守護職や長門探題を経て連署に加えられた。嘉元三年（一三〇五）四月二三日時村は、突然、執権貞時の命と称する、得宗被官や侍所頭人北条宗方（貞時の従兄弟）などによって葛西ヶ谷の第にて襲われ殺害された。嘉元の乱といわれる。辛うじて難を逃れた孫の煕時は後に執権となった。この惨劇はその後加害者の斬首、一番引付頭人大仏宗宣らが、北条宗方を討伐するという展開を遂げる。事の真相は不明であるが、『保暦間記』によれば、自ら執権の地位を狙って、同じく貞時の女婿である煕時とその祖父の時村を滅ぼそうとした事件であるという。歌はそのような過酷な運命とはかかわりなく、詠歌は優れた叙景となっている。

最後の熙時は右の嘉元の乱を逃れ、その後金沢貞顕とともに寄合衆となり幕政を主導、宗宣が一一代執権に就任すると連署となって執権を輔佐。宗宣が出家して執権を辞任するに及んで、一二代執権となった。正五位下武蔵守、相模守。正和元年（一三一二）六月三七歳で没する。歌は屈折した言い回しで、本意は袖に余る涙の故に恋を人に知られてしまうとなる。

（題しらず）　平時元（六首）
にごり江の芦まにやどる月見ればげにすみがたき世こそしらるれ　（新後撰集一四三二）

題しらず　平貞資（一首）
まれにみし夢の契もたえにけりねぬよや人のつらさなるらん　（続千載集一五二五）

（題しらず）　平時綱（一首）
みつしほに浦のひがたも波こえて空にきこゆるあしたづの声　（玉葉集二一一五）

恋歌の中に　平貞俊（四首）
せめてなどその暁をかぎりぞといひても人のわかれざりけん　（続千載集一四八四）

（題しらず）　平宗宣（二七首）
程もなく雲のこなたに出でにけり嵐にむかふ山の端の月　（新後撰集三四三）

一首目の時元は時房の流れ、越後守時国男。左近大夫従五位上佐守。貞時十三回忌に砂金・銀剣を献上したという。正中二年（一三二五）没。歌は、いかにも中世の歌らしい述懐歌である。「すみ」は「澄み」と「住み」の掛詞。「澄み」は「月」の縁語。

二首目の貞資は時元の弟。貞資も貞時十三回忌に砂金・銀剣を献じている。式部大夫・備前守。巧みな恋歌である。

三首目の時綱は『勅撰作者部類』によれば時員男。美濃守・越前守。父は諸系図によって一定しない。歌はおおらかな叙景である。

四首目の貞俊は時房流時俊男。上野介・安芸守。元弘三年（一三三三）六波羅探題が陥落して金剛寺攻略の陣を解き、奈良の般若寺にて出家して降伏したが、配流の上斬首された。斬首に臨み小袖と腰刀に和歌一首を添えて鎌倉の妻の元へ送ったが、妻は形見の刀で自害したという。歌は、はっきり決別の意を告げておけばよかった。そうすればこれほど悩まずに済んだはずなのにの意で、貞俊の最期にふさわしい物語性をはらんでいるような印象がある。

最後の宗宣は宣時男。正五位下陸奥守。引付衆頭、六波羅探題南方、連署などを歴任して執権師時の死去により一一代執権となった。やがて熙時に執権職を譲って出家。嘉元の乱の折、貞時の命により宗方を討った。父の宣時に劣らず当代歌壇を代表する歌人であった。歌の「雲のこなた」は、月との印象的な近さの言い回しで、珍しい表現である。「嵐にむかふ」月は他に例のない非凡な捉え方である。

（題しらず）　平貞房（二首）

霜のしたの落葉をかへすこがらしにふたたび秋の色を見るかな　（玉葉集八八二）

夏歌とて　平維貞（一一首）

しげりあふこのしたつづくみ山路はわけゆく袖も涼しかりけり　（同四三四）

（題しらず）　平貞直（二首）

わすらるる後さへ猶もしたはれて人のつらさを知らぬ身ぞうき　（続千載集一六一四）

題しらず　平宗直（四首）

さゆる夜の氷のうへにゐるかもはとけて寝られぬねをのみや鳴く　（玉葉集九四一）

（述懐歌の中に）　平貞宣（二首）

身ひとつのうきになしてもなげかまし人のいとはぬ此世なりせば　（続千載集一八八六）

（題しらず）　平時香（二首）

待ちわぶる山時鳥ひと声もなかぬにあくる短夜の空　（同一七〇二）

一首目の貞房は宗宣の男。貞時より偏諱を受けて貞房を名のる。従五位上越前守。引付衆、評定衆などを経て六波羅探題南方となり、延慶二年（一三〇九）一二月京にて死去。享年三八歳。歌は叙景というより着想の妙であろう。

二首目の維貞も宗宣の男。「貞」は同じく貞時の偏諱。従四位下修理大夫。引付衆、評定衆、六波羅探題南方を経て、再度評定衆に復帰し、最後の執権一六代赤橋守時を輔佐する。六波羅探題南方を解かれて鎌倉に帰還する隙を突かれて、後醍醐天皇により正中の変が引き起こされた。程なく病により出家、その翌年の嘉暦二年（一三二七）九月に四二歳で死去。幕府滅亡六年前であった。歌は木の下露を、それと言わず表出したもの、大津皇子と石川郎女との間に交わされた「山のしづく」問答（万葉集一〇七〜八）を背景に置いた歌のように思える。

三首目の貞直は時房流宗泰の男。駿河守・陸奥守。遠江守護や佐渡守護を経て鎌倉最後の引付頭人を勤める。元弘元年（一三三一）九月幕府軍の大将軍として笠置・赤坂城を落とした。鎌倉陥落の折、極楽口防衛軍の将として討死。歌はつれない人への未練を歌う。

四首目の宗直は『勅撰作者部類』では宣時の男とあるが、頼直の男とも伝えられる。『太平記』（巻一〇）の東勝寺における高時自害を語る件りに、「佐助近江前司宗直」と記されている。掲出歌は、体温で氷が解けるから寝られぬ様まではともかく、ネ（寝）られぬからネ（音）を鳴くという言い回しはいささか理が勝ちすぎているものの、達者な詠風がしのばれる。

五首目の貞宣は宣時男。丹波守。引付頭人となり元応二年（一三二〇）在職中に死去。掲出歌は、世を厭う心を屈折した反実仮想で表出している。

最後の時香は『勅撰作者部類』は時房流の泰宗男とあるが、朝時流の朝賢の男にも同名の人物がおり、別人か否か定かではない。朝賢の男とした場合、従五位下、左近将監。元弘三年（一三三三）朝賢とともに小町口で自害したという歌人。「時鳥」を待ちわびる情を素直に表出する。

貞時が没した応長元年（一三一一）の頃、生存していたと思われる北条氏以外の御家人歌人も相当の数に上ったと思われる。まず間違いなく活躍したと考えられるのは、素暹の男の東行氏、同じく素暹の男の東時常、政所執事の二階堂行藤、行藤男の時藤、後藤基政男の基頼などであろうが、勅撰集歌人である彼らが式部親王家の和歌会に参加しなかったとは考えられない。確認できなかったのは残念である。

注

（1）永井晋『金沢貞顕』吉川弘文館　二〇〇三年七月

（2）近藤成一『鎌倉幕府と朝廷』「おわりに」岩波新書　二〇一六年三月

第七章　武家の和歌

1　和歌の政治性

武士とはいったいどのようなものなのか。これまで本書では公家に対応させ、御家人を念頭に置いて武家とも称してきたが、平安時代以来用いられているのが「侍」（さぶらひ）であり、社会階層を示す語として用いられてきた。近侍・近習が語源であるように、貴人などを主君とし仰ぎ、武術を技として仕える階層である。その下の階層は「凡下」と称されたが、両者の間には大きな落差があった。凡下は鎌倉では、雑色・舎人・牛飼・力者・門柱所や政所下部・侍舎人・職人・商人などで、都市部の一般庶民がこれに当たる。侍は凡下に比べてさまざまな権利や資格が与えられていた。例えば刑法において拷問や刑罰として片鬢片髪という身体に加えられる見せしめから免れており、その処遇は有官位者と同じであることなどから、侍は有官位、凡下は無官位者という観念が、身分差別の根源にあったかと言われている。御家人たる資格もいうまでもなく侍の身分に限られるなど、両者の差は日常の様々な面に及んでいる。帯刀・弓箭に携帯、鎌倉中の騎馬や狩衣・直垂・帷・衣・小袖など綾を用いることも、侍の特権であったという(1)。

御家人とは将軍家と主従関係を結んだ武家のことであり、将軍家は御家人の本領安堵や御恩所領の下賜などの身分や経済的な保証をし、御家人は課役や軍役をもってそれに応じた。そのような仕組みを組織化したのが鎌倉幕府であり、幕府の権力とは「主従の関係を契機として武力行使の主体たる武士を有機的に編成し、これをもって根源的な権力基盤とした政治権力」である。[2] 京都大番役・鎌倉大番役が主要な軍役であるが、その他の「恒例役」として、正月垸飯・右大将家月忌用途・修理替物用途・五月会流鏑馬役など、「幕府の日常的運営にかかわるもの」がある。[3] そのうち天皇の御所の警護京都大番役は、鎌倉幕府成立以前からの全国の武家に課せられた軍役であったが、頼朝によって、公役であったものが御家人役に位置づけられた。[4]

凡下に比べてさまざまな特権を有する武家はいかなる価値観に生きたのか、そして彼らが和歌を詠む必然性はどこにあったのだろうか。武家とは戦士身分であるから武芸を重んじるのは当然だが、特に騎射に秀でた者が称讃を浴びた。武家が「弓馬の家」と言われるゆえんである。武家の存立基盤は、人を殺傷する技を心おきなく振るうことのできる権威や価値観であるが、それは彼らの強烈な祖先意識に支えられていた。高橋典幸によれば「弓馬の家」とは「ある特定の人格を祖先として仰ぎ、そうした人格の連続として認識されている」ものであり、始祖に天皇や将軍を頂く場合が多い。そして、「始祖が天皇である場合は、武士としての存立構造そのものの中に天皇との回路が埋め込まれていた」ことを示すという。[5]

武家と宮廷との関わりは大番に代表されるが、その功の対価として与えられる官職は、おのが領地支配の権威となる。宮廷とのこのような現実的な関係だけではなく、彼らの系譜には、武官として天皇や摂関家に近侍した歴史が刻まれている場合が多かったと思われる。つまり公家文化を身に帯びて生きた歴史が、武家の意識を形成していたということである。そこに武家と和歌との回路があったと考えられる。

和歌は現実を乖離した遊興の文化ではない。そのようにみえるのは、和歌という表現行為が、少なくとも晴《はれ》の歌においては、現実や事実を表現対象にしないこと、和歌の場が高度に儀礼化され、祭礼や儀式の一貫として営まれたことによる。世を統べる権力は崇高な権威に支えられてこそ発揮される。権威の醸成・再生を担う主要な行事は祭祀であるが、その一翼を担っていたのが和歌である。例えば一代に一度の即位儀礼である大嘗祭では、悠紀《ゆき》・主基《すき》の屏風が立てられそれぞれ当代を代表する歌人による悠紀・主基の歌が記される。新帝は、予め卜定された悠紀田・主基田から献上された神聖な稲で醸された酒と飯を神とともに共飲共食する。新帝が神として再生される最重要な儀礼である。悠紀田・主基田を有する二国を聖なる存在に仕立て上げたのが和歌である。天皇が統治する世界を悠紀・主基二国に代表させ、その国魂を新帝が身に纏う儀式が大嘗祭である。和歌の持つ呪力の援用に他ならない。

祭祀には神祇・仏教を問わず雅楽や歌舞が演じられる。それらの役割も和歌に共通するが、楽器や衣装は同じでも演奏者や演技者によって仕上がりに大きな違いが生じ、祭祀の使命に多大な影響を与えることも和歌と共通する。拙劣は祭祀の権威の失墜につながりかねない。芸能や文学は風流韻事には違いないが、その上達にはそれを担う者の命運がかかっていたといっても過言ではない。

和歌の権威を保証したのは勅撰集であるが、勅撰集は御世の弥栄の証しでもあり、行末の繁栄を願う予祝でもあった。従って勅撰集の歌は晴《はれ》の歌で満たされる。多くは題詠の歌である。もとより日常生活の中で歌われた、いわゆる褻《け》の歌も採られているが、それは褻の歌を晴の歌として据え直したということである。優れた文化の権威が経世の基盤であるとすれば、それは極めて強い政治性を帯びることになる。和歌の政治性とは、世を統べる霊性を本性とする、和歌のある種の宗教性である。公家文化の枢軸たる和歌が、新たな権力者たる武家に採りいれられた第一の理由は和歌のかかる政治性に他ならない。

和歌の最も基本的性格は、祝祭性・予祝性にある。決して自己や現実を表出することではない。そのようなものは可能な限り排除してきたのが和歌である。例えば、第五章に阿仏尼の歌にかかわって少し述べたが、地名に対して和歌は極めて排他的である。なぜなら地名は現実世界の代表的な具象だからである。和歌は現実性を振り払って仮構された風情を担わせた地名のみを許容した。いわゆる歌枕である。地名の歌枕化には、三輪山や龍田のように、もともと神の鎮まる神聖な場所であったこと、秀歌にたまたま詠み込まれた地名が、歌の名声に伴って歌枕化することなど、契機は様々であろうが、いずれにしろ和歌の芸術性に調和する美的表象である。

従って鎌倉の歌人は、鎌倉に在って鎌倉の地名を詠むことはほとんどなかった。詠みたくても詠めなかったのである。もとより京の公家においても同様である。それでは歌枕という、まだ見たこともない土地をことさら詠むのは何故なのか。端的にいえば美の空間を掌握することであり、それは季節の移ろいを捉え、時間を把握することと対応する。現実を超えて優美な時空を創出するのが歌人の表現行為に他ならない。特に定数歌は、歌を連ねることによって美の時空を紡ぎだす手法である。

創出された美的な時空の香り高き芸術性、そのめでたさが和歌の祝祭性・予祝性に他ならない。その祝祭性・予祝性は、繰り返し述べてきた、祭祀や儀礼の政治性に包摂される和歌の特質である。

武術を生存の根拠に置く戦士たる武家が和歌を詠むのは、武力のみでは世を統べることができないことを知ったからである。統治は統治される側に文化を醸成することである。例えば統治者は、祭祀権を有する祭祀に領民を参加させることで、領民のコミニュティを形成させ、地域の文化に発展させるという手法をとることが多い。統治の最も効果的な方法はそのような文教政策であろう。武力を背景とした力の支配は決して持続しない。武術は戦場の実践的な行使から引き離し、美的な礼法として洗練させたとしても（もとよりそれは極めて重要なことであったが）、即戦場に応用できる技であり、容易には領民を参加させることはできない。そこに武術を家業とする武家の統治者としての難しさもあった。

鎌倉幕府にとっての急務は、武術を含めた宮廷文化を摂取して、統治の権威を確立することであった。宮廷儀礼の模倣、鎌倉の現実に合わせての変容など、試行錯誤はあったであろうが、最も効率的な方法は京からその道の達人を招聘して指導者にすることである。歌鞠はその代表であろう。武家にとっては「非職才芸」の道であるが、それにもかかわらず和歌は武家の間に深く浸透した。北条氏を中心に多くの勅撰集歌人が輩出していることはこれまでに見たごとくである。もとより将軍家や執権個人のレベルでは和歌への親疎に大きな隔たりがあり、一首の歌も遺さない将軍や執権もあった。特に得宗家は和歌という公家文化の華に対して総じて一定の距離をおいていたようで、勅撰集歌人は泰時と貞時のみである。しかし彼らは決して和歌を軽んじたわけではなかった。

宗尊親王を京へ追いやった時宗も、歌わない執権の一人であったが、その時宗が、建治二年（一二七六）閏三月、『現存三十六人詩歌』屏風を創らせている（諸本が伝わるが内容の異同はほとんどない。本書では、『群書類従』を参照した）。屏風絵は似絵の名手であった信実の孫伊信（父は為継）、詩は日野資宣、和歌は真観に撰ばせている。詩歌を墨書した色紙形の料紙を屏風の絵に貼り合わせた調度品である。甲乙丙丁の四帖の各帖に、七言二句の詩と和歌を交互に各九首配している。作者は詩が基家・高定など八名、和歌は為氏・真観・熊野検校宮・今出川院近衛・鷹司院帥・京極内侍・隆親など三六名の当代の代表歌人である。女流歌人を多く撰したことも特色の一つであるが、真観をはじめ雅有、阿仏尼、為世、隆弁など、鎌倉とかかわりの深い歌人は見られるものの、鎌倉の御家人歌人が一人も採られていない点は注目される。『三十六人大歌合』に登場した後藤基政・北条長時・北条政村・素暹法師らはすでに世を去り、鎌倉には目だった歌人がなくなったと見られたのだろうか。

和歌の撰者真観は、宗尊親王の歌道師範として、鎌倉歌壇を指導した歌人である。宗尊親王亡き鎌倉は、真観にとってすでに遠い世界であったのかもしれない。親王在ってこその鎌倉であり、鎌倉歌人であったと思われる。当時の真観には京歌壇しか見えていなかったということなのか、あるいは和歌を京の公家文化として括ったのは時宗の意志の反映であるかもしれない。通説のように惟康将軍の御所を飾る調度として調進されたものとすれば、鎌倉の歌人排除の謎はいっそう深まる。最も優れた作品を撰んだ結果に過ぎなかったのだろうか。紛れもなき京文化で将軍家を荘厳し、その権威を高めようとした時宗の意志の表れなのか、不明とするほかはない。

真観は為家亡き後歌学者の長老であり、この屏風歌の撰によって歌道家として復活したとみられている。川添昭二はこの真観の登用に、文永一一年（一二七四）に没した宗尊親王への追懐の思いが潜在していたかもしれないという。[6] 親王の忘れ形見たる惟康将軍の御所を飾る時宗には複雑な思いがあったに違いない。ともあれ、確実に言えることは、和歌（詩もふくめて）の祝祭性・予祝性を時宗は深く理解していたことである。

時宗が屏風を調進した建治から弘安にかけては、元軍の再度の襲来に備えて幕府が全力を傾注した時期である。建治元年（一二七五）九月、幕府が近江守護に命じて近江国中の寺社に異国調伏の祈禱をさせた関東御教書案などが伝えられており、幕府による異国調伏の体制化を示す初見史料である。異国調伏の祈禱は「宗教的な戦闘行為」と言われている。[7]

戦力を持たない朝廷の宗教的な対応はいうまでもないが、武家の神仏への祈願は、命を賭ける立場であるだけに切実であった。戦いとは神と神との戦闘であり、あだし神の調伏とはその現世の姿である敵の力を削ぐことに他ならない。弘安四年（一二八一）六月の蒙古の第二次襲来寸前の五月二〇日、幕府は、如法尊勝法を修して外寇を祈禱し（弘安四年異国御祈禱記）、外敵排除がほぼ終わったころ、尊星王護摩不断四王呪を修し、外寇を祈禱している（鶴岡社務記録など）。その後も幕府の外寇祈禱は継続する。

屏風の調進はこのような時代の気運の最中におこなわれた。異国調伏の祈願が異国に対する宗教的な攻撃であるとすれば、屏風という芸術によって将軍を荘厳しその権威を高めることは防衛的な意味があろう。すなわち文化による武装である。時宗が現時点での最も優れた作者の詩歌を撰ばせた背景には宗教的な戦闘行為と表裏をなす、文化的戦闘行為という意識があったと考えられる。

2　詠歌の姿勢

和歌を詠むとき歌人はいったいどのような心の構えを取ったのだろうか。それを象徴的に示した歌がある。

あづまより関こえてくる春とてや逢坂山のまづかすむらん　（東撰六帖六）

重時の歌である。鎌倉武士の重時がどうして京に身を置いて歌わなければならなかったのだろうか。和歌を詠むとは京の公家の意識を持つことである。武家という身分、鎌倉という現実を払拭することによってしか和歌の扉を開くことはできない。これが和歌を詠む基本的な約束事である。もっとも重時は三三歳から一七年間、六波羅探題北方を勤めたので、右の歌はその間の作かもしれない。しかし仮に鎌倉で詠んだとしても発想は同じであろう。

逢坂や関の戸あけて鳥のなく東よりこそ春はきにけれ　（瓊玉集一）

あづまにはけふこそ春の立ちにけれ都はいまだ雪やふるらむ　（同三）

作者の宗尊親王は、皇族とはいえ現在は鎌倉に身を置く将軍である。武家の棟梁・鎌倉が親王の現実である。一首目は重時歌と同じ発想である。二首目は鎌倉という現実に立っているが、本来いるべき場所の京に心を置いて歌っている。

しかしいかに努力しても現実的に武家の身分を超えることは困難である。武家という宿世が澱のように武家歌人の心を翳らすこともあった。

平政長

あづまにて身はふりぬともことのはをいかで雲居にきこえあげまし　（玉葉集二五二六）

東で老いるという宿命を負う政長（政村の男）の、歌人の誉れへの憧憬は武家歌人の共通の思いであった。

そのような思いに囚われつつも和歌を詠むとは、ある意味では武家を捨てることであった。和歌は自己表現のジャンルではない。あくまで様式に従って現実を超えた美的世界を創造する文学である。ただ個人の感性を通して表出される以上、現実の不如意や不条理による嘆きが吹き出してくるのを防ぐことは難しい。いわゆる述懐歌がそれであり、勅撰集においても述懐という枠を設け、嘆きの歌を晴《はれ》の歌に準じて入集させるようになる。宗尊親王は晴の歌の代表である季の歌にまで述懐性を採りいれ、現実を直視する契機を和歌にもたらしたが、そうした革新性はおおむね否定的に評価されている。

現実や事実を詠歌の基に据えた歌人の代表は西行である。西行の歌には西行の貌がちらつく場合が多い。風雅に身を委ねる世捨て人の生き様が顕在化するところに、人間的な魅力があるのだが、俗臭が鼻を突くことが多い。晴《はれ》の歌の原則から見ればアウトサイダーの歌人である。後鳥羽院は西行の、いわゆる新古今的な優美妖艶な詠風とは違った、人間的な手触りを愛し、新古今集に最も多くの歌を入集させている。めくるめく美の氾濫の中にあって西行の飾らない吐息が新鮮に感じられたからであろうか。西行は歌人としての名声に執着する俗人であったが、己の心には忠実であった。次の作品はそのような西行にしか詠めない歌であろう。

よのなかに武者おこりて、にしひがしきたみなみ、いくさならぬところなし、うちつづき人のしぬるかずきくおびただし、まことともおぼえぬほどなり、こはなにごとのあらそひぞや、あはれなることのさまかなとおぼえて、

しでの山こゆるたえまはあらじかしなくなる人のかずつづきつつ　(聞書集二二五)

家業の武術を継承し、卓越した技量を身に着けた北面の武士佐藤義清《さとうのりきよ》であった西行が、旅先で見聞した戦乱の悲惨さを率直に詠みあげた歌である。『聞書集』は西行の家集。

対立者を武力で排除するのが武家の本性であり、鎌倉における権力闘争は常に対立者の生存を武力で抹殺するという、苛烈な決着を繰り返してきた。命を奪う惨たらしさ、奪われる恐怖を誰よりも知悉していたのが武家であり、そうした宿命を克服する精神の厳しさは、出家遁世の契機ともなりうる。武人西行は仏に身を委ねた後も依然として武家であり続けた。序章で述べたように頼朝と対面する西行は傑出した武家であり、たぐい稀な歌人であった。ただ西行には北面の武士という誉れ高き身分を放擲した精神の放胆さがあった。その精神が自在な表現をもたらしたといえよう。

鎌倉の武家の歌には西行のような自在さは乏しく、総じて和歌の正調に忠実であった。上に述べたように、彼らが歌を詠むとは京の公家になりきることである。公家の文化を受容するには公家の精神に倣う他はない。

北条時広に『前越前守平時広集』という自撰家集がある（以下、時広集と略称）。北条氏が編んだ唯一の家集である。時広は宗尊親王百五十番歌合の歌人であり、正元二年（一二六〇）一月二〇日、歌道・蹴鞠・管絃・祐筆・弓馬・郢曲以下一芸に秀でたものを当てた昼番衆にも撰ばれた、鎌倉歌壇の代表的な歌人の一人である。家集の成立事情成立期も不明である。所収歌一八三首、すべて題詠である。お手本通りの破綻のない詠風で—特にそのような歌を撰びとったと思われる—歌道の師範から見れば優等生の部類に入るだろう。

立春

のどけくて春立つ日よりかくしこそ千代のはじめは空にしらるれ　（時広集二）
それかともわかれぬものは山のはにはるたつけふの霞なりけり　（同三）
今朝ははやかすみかかれる鏡山かげさへ春のいろやみゆらん　（同四）
たちそむるたかまのみねの朝霞やまのよそなる春の色かは　（同五）
はるたつといふばかりかは朝霞いつしかふかきみよしのの山　（同六）
けさはまづかすみもはるもたちそめてきのふにかはる山のはの空　（同七）
ときわかぬ波をばしらずたごの浦にけさは霞ぞみちはじめける　（同八）

晴の歌の様式をよく学び研鑽を積んだ手慣れた歌である。公家歌人に伍してもいささかも遜色のない破綻のない詠風である。全歌はさして抵抗もなく読み下せるが、為相の歌のようにハッと享受者を立ち止まらせるものがない。御家人歌人の多くは時広のように、破綻のない正調を求めて師範の指導に従ったものと思われる。当然歌才に個人差もあり、個性も異なるので一概には言えないが、それでも思いがけない秀歌を武家の歌に見出すことができる。

最後に本書なりに、彼らの秀歌を採り上げるが、武家の秀歌はどこまでも公家の感性や美意識の枠内にとどまり、それをのりこえることはなかった。問題は意識がどこに向かっているかということである。

鎌倉の武家の和歌が独自性を生み出し得なかったことはこれまで指摘されてきたが、その代表的見解を、外村展子『鎌倉の歌人』(8)と小川剛生『武士はなぜ歌を詠むか―鎌倉将軍から戦国大名まで』(9)に見ることにしよう。前者は武家政権の確立によって支配する者になり、京の貴族と同じような歌を詠むようになったために、鎌倉の武家歌人の創造力が喪われたという趣旨を述べる。この指摘は半ばは正しいが、創造力が独自性と同義語であるとすれば、創造力は少なくとも当初から持ち得なかった。持てば和歌など詠めるはずはないだろう。後者は、和歌を詠むことは洗練された、文化的な振舞を身に付けることであり、それは武家にとって弓馬のことと同じく、社会的ステイタスであり、人々を教化する能力となり、同時に仲間をつなぎ超越的な何かのもとに結び付ける働きとなったという趣旨である。鎌倉歌壇から戦国大名までの和歌を俯瞰しての発言である。和歌に人を教化する力を認め、和歌のコミュニティを見出したことは高く評価すべきであろう。前者の源流に在るのはつまるところ和歌の予祝性であり、後者は和歌の儀礼性にかかわる。共に和歌のはらむ政治性であろう。

武家たちは詠歌の練達を目指したが、決して独自性を求めなかった。和歌は自己表出と相容れず、個々の存在を超えた「超越的な何か」を顕在化するものであれば、個の独自性はつまずきの石となる。時広集を見るとその忠実な京ぶりは痛ましいほどである。しかしそれが武家の求めた和歌の姿であった。おそらく家集に撰ばなかった歌屑の中には、時広の〈独自性〉が光る〈失敗作〉があったに違いない。撰歌とは歌を殺す作業でもあった。

3　武家歌人の諸相

歌は伝統的な美の様式に従って言葉を連ねることであり、事実や現実を映すものではない。例えば詠歌の手引書として親しまれた『俊頼髄脳』（源俊頼撰）は、まず歌題をよく心得るべきことを述べ、「春の朝にいつしかと」（早くも春の朝になった、あるいは早く春の朝を迎えたい）と詠もうと思えば、佐保山に霞の衣をかけた景を思いうかべ、春風に吹きほころばせ、峯の梢を隔てた場合は、心をやりて憧れさせ、梅の花にはうぐいすを取り合わせ、子の日の松につけて心をひくという発想であれば、千歳を過ごすことを思い云々と言っている（『日本歌学大系』風間書房を参照）。季節の変化や諸行事とそれに映発される心が織りなす美の曼陀羅が和歌にほかならない。

和歌は鎌倉時代の初期に洗練の極に達し、華麗・妖艶・幽邃の美を新古今集に結集させた。その後の中世和歌はその残影の中にあって、新たな歌境を模索していったが、様式に従って表出するという和歌の基本は揺らぐことはなかった。つまりは事実や現実は排除され続けた。だからこそ武家でも歌が詠めたのである。武家という立場や武家の感性という現実と無縁なればこそ、武家たちは詠歌の場では公家になれたのであろう。

歌才は身分や年齢を超える。したがって修練を積めば武家歌人に秀歌が生まれるのは当然である。時代が庶幾する歌の姿を、京の公家歌人に伍して関東の武家が創造しえたことは、和歌史的にも決して小さな出来事ではなかった。和歌とは何かという本質論的な視点からも、武家の和歌は重要であろう。

和歌で歌われる景は題に沿って描かれた心象風景である。しかし伝統的な美の様式に依存せず実景に触発されて描かれたような歌が、新古今以降の和歌に多く見られるようになる。第五章で触れた為相や為兼の歌のように、ある種の遠近法によって景の輪郭が鮮明に描かれているような叙景歌が武家の和歌にも見られるようになる。和歌の美的な様式性の向こうにそれに酷似する実景をあらためて見出したということになろうか。実景の裏打ちを得た様式性がより新鮮な輝きを見せる、そのような歌が武家歌人にも見られる。左記の例は清新な叙景歌である。

だいしらず　　　　　　　　　　　　　　　平泰時朝臣
山がはのこほりやうすくむすぶらんしたに木の葉ぞ見えて流るる　（続古今集一六一二）

湖辺氷を　　　　　　　　　　　　　　　平重時
しがの浦や汀は遠く氷りゐて浪よせかへすひらの山風　（秋風抄一五六）

中務卿親王家百首歌に　　　　　　　　　平政村
夏山のしげみがしたに滝おちてふもとすずしき水の音かな　（風雅集四一七）

河月を　　　　　　　　　　　　　　　　平時直
水瀬川こほるも月のかげなればなほありてゆく水のしらなみ　（続古今集四〇九）

河月を　　　　　　　　　　　　　　　　平維貞
大井川氷も秋は岩こえて月にながるる水のしらなみ　（続千載集四八四）

（題しらず）　　　　　　　　　　　　　平忠時
すみなるる床は草葉のきりぎりす霜にかれゆくねをや鳴くらん　（続拾遺集六二〇）

（題しらず）　　　　　　　　　　　　　平時範
山風のふくにまかせてうき雲のかからぬかたもふるしぐれかな　（新後撰集四四九）

泰時・忠時・時範の歌は「題しらず」であるが、詠歌の場では題詠であったと思われる。一首目の泰時の歌は繊細な観察によって初冬の景が見事に表出されている。心象風景とは思えぬほど臨場感がある。

二首目の重時歌は、第三章第7で挙げた時広歌と同じく、家隆の「しがの浦やとほざかり行く浪間よりこほりて出づる有明の月」（新古今集六三九）に拠っていると思われる佳作。『秋風抄』は序によれば建長二年（一二五〇）に小野春雄によって成立した私選集。

三首目の政村歌の「滝おちて」は当時流行の成句であるが、視覚と聴覚の両面から景の奥行と動きを巧みにとらえている。

四首目の時直歌は、水瀬川の氷に月影が映じてさながら水の流れがあるようにみえる様を描き、五首目の維貞歌は冴えまさる秋の大井川の流れを氷が岩を超えるととらえた着想の面白さをみせる。共に「河月」という題に触発さえた佳作。

六首目の忠時歌は草葉の縁で「かれゆく」「ね」（根）の掛詞の「ね」（音）へと展開する。霜枯れのような声で鳴くきりぎりすの風情はユニークである。

最後の時範歌は地味ではあるが、捉えどころのない時雨の漠とした初冬の風景をおおらかに歌っている。時直は時房の男、維貞は大仏流宗宣の男、忠時は赤松系重時の男、勅撰集にはこの一首のみ採られている。時範は赤橋系重時の流れで、多くの勅撰集歌人を輩出する家系で、父の時茂、子息の範貞ともの勅撰集歌人である。

秋雨を　　　平時春

風にゆくみねのうき雲跡はれて夕日に残る秋のむらさめ　（玉葉集七二八）

題しらず　　　平英時

さびしさは軒端の荻のおとよりも桐の葉おつる庭の秋風　（風雅集一五四九）

題しらず　　　平時高（斉時）

心ある人はとひこでわが袖に梅が香をしき春の夕風　（新後撰集一二二一）

冬歌の中に　　　平清時

夜のほどはふるともしらでまきの戸をあけてぞみつる今朝の初雪　（閑月集三二二）

海辺千鳥といふ事を　　　平宣時

はるかなるおきの干潟のさ夜千鳥みちくるしほに声ぞちかづく　（風雅集七九〇）

（題しらず）　　　藤原宗秀

時のまにただひとしぐれふり過ぎてあらしの峯は雲も残らず　（玉葉集二〇三二）

題しらず　　　藤原景綱（頼綱孫）

あけしらむ波路のきりは吹きはれてとほしまみゆる秋のうら風　（同二〇一六）

刻々と変化する秋景の風情を的確のとらえた最初の時春歌、寂しさを誘う桐というモチーフは目新しいものではないが、二首目の英時歌は心深き秀歌である。三首目の時高歌の心ならずも独り占めする梅の香、静かな夜明けに嘱目した思いがけない初雪を歌う四首目の清時歌、いずれも臨場感に溢れている。

清時歌を収めた『閑月集』は弘安四年（一二八一）から正応元年（一二八八）に成立した私選集（新編国歌大観本解題）。宗秀と景綱歌は、秋景の変化を捉えて秀逸。

時春は重時孫で義政の男（あるいは時茂男時治か）。英時も上に取り上げたように同じく重時の流れ。時高は義時男の有時の流れ、改名して斉時。清時は時直の男、宣時は大仏流朝直の男、宗秀は秀郷流の藤原氏、景綱は宇都宮頼綱（蓮生）の孫。

鎌倉時代末期の正和元年（一三一二）、京極為兼が撰した玉葉集にはそれまでにない清新な叙景が多く採られている。右の歌は為兼が庶幾した詠風である。果敢にも新風に伍する鎌倉歌人の柔軟性は高く評価すべきであろう。

和歌という表現世界の枠の中ではあるが、その範囲内での自在な発想は意外に表現の幅を広くしている。次のような歌はその例であろう。

（秋歌の中に）　　　　平泰時

もろこしの浪路わけ行く舟人はこころのこらぬ月やみるらん　（続千載集四九〇）
（題不知）　平貞時
みなかみや花の木かげをながれけん桜をさそふ春の川なみ　（新後撰集一二五六）
題知らず　平国時
恋しさのなぐさむかたとながむれば心ぞやがて空になり行く　（玉葉集一四六五）
（題しらず）　真昭法師（平資時）
けぬが上にかさねて霜やおく山のゆふひがくれの谷の下草　（続後撰集四八三）
花を見てよみ侍りける　蓮生法師
あだにのみおもひし人の命もて花をいくたび惜みきぬらん　（続拾遺集五〇七）
寄橋恋といふことを　平長時
涙川わたらぬなかのおもひねは見るもあだなるゆめの浮橋　（続古今集一〇九八）

最初の泰時歌はいかにも執権らしく視界が広く、西の国では月は没することなく心行くまで眺めることができると歌う。奇抜な発想である。

二首目の貞時歌の、波に浮かぶ花びらからいずことも知らぬ上流の桜を偲ぶことはありふれているだろうが、川波が桜を誘うという捉え方はユニークである。

三首目の国時歌の空を眺むとは嘆息のしぐさであるが、心がうつろになる様と自然の空が混然と分きがたくなる風情は、俳風を帯びて面白く、手さばきの自在さがみられる。

四首目の資時歌からは手綱を緩められた才気の奔りが感じられる。

五首目の蓮生歌は題詠ではなく、実生活の中で何の制約もない場で歌われた歌で、達観した世捨て人らしい詠風を見せている。実人生の感慨が入り込みすぎているように思われるが、季節歌（冬歌）として奇抜である。

最後の長時歌の特色は「涙川」という古今集以来のモチーフと『源氏物語』の「ゆめの浮橋」と、妖艶にしてはかない世界を容易に結び合わせていることで、この組み合わせは他に例を見ない。題を手掛かりに一挙に浮橋にまで駆け上った発想の自在さに特色がある。

歌学びに打ち込み、ひたすら修練を重ね、和歌の様々な制約を表現の隘路とせず、むしろそれを拠り所に自由な表現領域を拓こうとする、武家歌人の純粋な精神の鼓動を伝えている作品である。

また、左記の歌はいかにも中世的な述懐性と内省的詠風を示している。

（題しらず）　　　　平重時
うしといひて山ぢに深く入りぬれど猶も此世の月をみるかな　　（続拾遺集一一三二）

（山家の心をよめる）　　　　　　　　　　　　　藤原（後藤）基政

やまざとにいつしか人のまたるるやすみはつまじき心なるらん

（続古今集一六九四・大歌合一一六）

題しらず　　　　　　　　　　　　　　　　　　平政長

夕日さす山の端ばかりあらはれて霧にしづめる秋の川なみ

（玉葉集七四八）

（題しらず）　　　　　　　　　　　　　　　　平時元

にごり江の芦まにやどる月見ればげにすみがたき世こそしらるれ

（新後撰集一四三二）

秋の歌の中に　　　　　　　　　　　　　　　藤原（後藤）基綱

身につもる秋をかぞへてながむればひとりかなしきありあけの月

（続後撰集一〇七五）

花のさかりに山でらにまかりてよめる　　道洪法師（安達時盛）

つらしとてそむくうき世の外までも花ぞわが身を猶さそひける

（新後撰集一二三七）

右のような無常観を背景にした生への執着や嘆きの位相を歌い上げたのも中世歌の特色である。宮廷官人の代表的苦悩は官途の停滞であり、その嘆きを訴えることが述懐歌の主流であったが、平安の末ごろから、仏教的な無常観に裏打ちされた生・老・病・死という四大辛苦に関わる嘆きへと広がり深化していった。中世的な述懐歌である。繰り返し述べたように、和歌の本性は予祝的なめでたさであり、少なくとも晴《はれ》の歌は、現実的な猥雑なる世界の表出を排除してきた。しかし生きることの切実さは抑えがたく、平安後期あたりから述懐歌という枠組みを設けて晴の場に座を与えるようになる。源俊頼のような革新的な歌人は晴の歌の中軸である季の歌にまで述懐性を持ち込みさえした。六代将軍宗尊親王もその一人であった。述懐性が述懐歌の枠組みを溢れていったのは、生の現実から逃避することも拒絶することも困難な時代だったからであろう。なればこそストイックに現実を拒否しようとする構えも中世和歌の特質であり、それと向き合わざるをえなかったのも中世和歌である。

右の引用歌は抑えてもなお抑えがたく突き上げてくる生の嘆きといってよい。もとより嘆きの奔騰に表現を委ねてしまえば歌は自壊する他はない。表現には現実を冷静に視る構えが不可欠であり、その構えが思弁的・哲学的な世界観を拓いていった。中世和歌の顕著な特質の一つである。

最初の重時歌には山林閑居あるいは山里隠棲への憧憬がある。山林への憧れは古代からあるが、共通の生の在り方として普遍性を持ったのは中世である。山里に籠るのは俗世の憂さから逃れる行為であるが、俗世への執着があれば虚しい振舞いとなる。重時歌が捉えたのは爪を噛むような虚しさである。

二首目の「山家」題で詠まれた一連の歌の中に採られた後藤基政の歌は、憧れつつもそれに徹することのできない俗世への執着が歌われている。当時の歌人たちの偽りのない心の表出である。

四首目の時元・五首目の基綱の歌も同様な虚しさを月の光を通して表出している。

三首目の政長歌は秋景を歌った季の歌であるが。霧に沈んで見えない川を敢えて捉えたところに、中世的な精神性が滲んでいるような印象がある。自らの生の象《かたち》を幻視しているのかもしれない。政長は政村の男、政村の系統は重時の赤橋流に次いで北条氏の中で多くの勅撰集歌人を生み出している。

四首目の時元歌の「芦まにやどる月」は秋の風情を象徴するような心象風景であるが、それが苦悩に直結する心の奈落を歌う。

基綱歌の「身につもる秋」は中世に好まれた成句であるが、忍び寄る老いの孤独を巧みに表出している。

最後の道洪法師の歌は上にあげた蓮生の花の歌「あだにのみ」と同様、題詠ではなく、実生活の場で歌われている。題の制約を受けず自ずからなる感興の表出であり、いわば褻《け》の歌が勅撰集という晴の座に招かれた幸運な作である。もとより歌会などの晴の場でなくとも歌を詠む以上晴の歌を装って表出するのが常であったはずで、褻の歌と晴の歌の落差はさほどかけ離れたものではなかったと思われる。いずれにしろ勅撰集が、花を歌いながら春歌ではなく雑歌の巻に収めたのはこの歌の述懐性のゆえである。述懐性とは現実の生を直視するところから生じる。保守的な晴の和歌がようやくそのような現実感覚に細目にではあるが門扉を開いたことを示している。

もう少し鎌倉歌人の作を追ってみよう。

（題しらず）　平政村
思出のなき身のはてもなべて世のならひに忍ぶ昔なりけり　（新千載集二一一九）

述懐歌の中に　権少僧都公朝
いにしへはかくやおぼえし待つことのなければはやくゆく月日かな　（続古今集一八五二）

月歌とて　平（後藤）義政
いつまでと心をとめてありはてぬ命まつまの月を見るらん　（同一五八七）

（題しらず）　素暹
ねぬにみしむかしの夢の名残とて老の涙にのこる月かげ　（続拾遺集一二六一）

題不知　平（東）行氏
老いが世は身にそふ秋の涙とも袖によがれぬ月やみるらん　（新千載集一七七五）

（題しらず）　平（東）時常

いかがせむいとふとも猶世の中をなげく心のもとの身ならば　（新後撰集一四五三）

（題しらず）　惟宗（嶋津）忠景

おろかなる心の中のあらましを身のなぐさめと思ふはかなさ　（新千載集一九三一）

世をのがれてこもりゐ侍りけるに、建武のころ、又世にまじらへ侍るとてよめる

藤原（二階堂）時藤

おなじくはおとろへざりしもとの身をいまに返して世につかへばや　（風雅集一八二二）

老いほど時の移ろいの残酷さを顕在化したものはない。老いが救いがたい嘆きとなるのは落花のような亡びの美学の片鱗だにないことである。たとえ誇るべき生でなくとも過去に若さの輝きを持たぬ人はいない。過ぎ去った時が「思出のなき身」であったか否かはともかく、最初の歌の作者政村をそのような認識に導いたのは時の流れであり、老いであったに違いない。老いとともに歳月の流れは速度を増す。若いころにはとても考えられないことであった。この理不尽な時の振舞いに二首目の公朝は一掬の涙を禁じえなかったであろう。個の無常は命終をもって終わりを遂げるが、それがいつと知れない命の限りを、仰ぎ見るほかはない月よと嘆いたのが三首目の義政であり、その月を昔の夢の名残の涙に浮かべたのが四首目の素暹の屈折した歌であり、次の行氏歌も同様に老いの涙に映る月の切なさを歌う。

わが身を慰めようにも、世を嘆く心も自分にほかならずどうすることもできない、そのような矛盾に突き当たる六首目の時常歌の自己省察も中世和歌の一体である。七首目の忠景歌の「あらまし」は心に期するものの意で、それを慰めにする虚しさという自己省察は救いのない生の姿である。

最後の時藤歌は、詞書によれば鎌倉幕府が滅亡する混乱期は世捨て人として時代の圏外に生きていたが、建武中興の気運に血が騒ぎ、若き日に立ち返って活躍したいというやみがたい衝動を表出する。本音をさながら表出する武人らしい率直な詠風が評価されて勅撰集に採られたのだろう。晴《はれ》の座を与えられた日常詠の歌である。

題詠は歌人を現実から離脱させる最も有効な詠歌の手法であり晴《はれ》の歌の主流であるが、日常の次元では表出しづらい情を、題にことよせて歌うこともできる。題に拠る自己韜晦である。つまり、あれは題に従ったまでで、事実ではありませんよ、ととぼけてみせることができる。公家歌人に伍して武家たちも妖艶なる恋歌を詠んだ。『万葉集』の男のように恋に翻弄される身を恥じて「ますらをと思へる我も」という言い訳を要しないのが、平安以降の恋歌である。和歌の世界では、だれはばかることなく恋することができた。題の持つある種の匿名性の効用である。虚構の恋にひそかに事実を潜ませることができたのも和歌の懐の深さであろう。述懐もしくはそれに準じる題もまた恋と同じく、生活実感を潜ませることができる。

右に挙げた内省的な詠風の歌の多くは実感の表出であるに違いない。問題の最終解決を武力に頼り、他者の命を奪いあいながら生きなければならない武家は、世の無常観をいっそう募らせた。武家の宿世であり、逃れられない業である。それがわが身に跳ね返ってくる苦悩は公家歌人以上に切実であったと思われる。

以上武家歌人の歌をいくつかの視点から見てきたが、いずれも武家歌人固有の特色ではなく、中世歌人に共通した詠風である。例えば上に挙げた公朝歌「いにしへはかくやおぼえし」と詠まれた、月日の流れの速さは、伏見院にも次のように歌われている。

除夜言志

あはれこの月日ははやくゆくみづのかへらぬとしを又おくりぬる　（伏見院御集一五四六）

伏見院の歌はおそらく公朝歌に拠ったのではなく、時代に共通した観念の表出であろう。武家たちの生活は当然公家とは違っていた。現実や事実から立ち上がった歌には、かれらの独自の世界がより多く反映されていたと思われる。歴史の闇に沈んだそれらの膨大な歌が惜しまれてならない。遺されている歌は、武家が武力による統治の限界を超えるための手段として取り入れた主要な宮廷文化に他ならない。武家が武家独自の和歌を目指す必然性は当初からなかった。公家に学び公家歌人に伍して一歩も引かぬ和歌の構築こそ彼ら武家歌人の庶幾するものであった。六代将軍宗尊親王を頂点とする武家たちの歌は、笹竜胆の地に咲いた菊花である。それをかざして時代を支配した武家たちに思いを馳せるとき、彼らの歌の一首一首が輝いてくるように感じられる。

注

(1) 近藤成一『鎌倉幕府と朝廷』「おわりに」岩波新書　二〇一六年三月
(2) 三田武繁『鎌倉幕府体制成立史の研究』「京都大番役と主従制展開」吉川弘文館　二〇〇七年一二月
(3) 清水亮『鎌倉幕府御家人制の政治史的研究』『「恒例役」の制度的成立』校倉書房　二〇〇七年一一月
(4) 注（2）に同じ
(5) 高橋典幸『鎌倉幕府軍制と御家人制』「武家にとっての天皇」吉川弘文館　二〇〇八年九月
(6) 川添昭二『北条時宗』吉川弘文館　二〇〇一年一〇月
(7) 注（6）に同じ
(8) 外村展子『鎌倉の歌人』かまくら春秋社　一九八六年一月
(9) 小川剛生『武士はなぜ歌を詠むか―鎌倉将軍から戦国大名まで』角川学芸出版　二〇〇八年七月

あとがき

鎌倉に下向した後深草院二条は、化粧坂を越えて鎌倉を見下ろし、東山から京を見るに引き換え、家々が積み重なって「袋の中に物を入れたるやうに」人が住んでおり、「あな物わびし」とため息をついている（『とはずがたり』）。ちなみに筆者の茅舎はその化（仮）粧坂に在り、二条の鎌倉第一印象を時折思い出しては苦笑している。本書で触れたように、二条は鎌倉武士たちに和歌の手ほどきをしている。鎌倉武士にとって京文化の精髄たる和歌は、弓矢を執る手を筆に持ち替えるほどの魅力があった。なぜそれほどまでに、という疑問に対する筆者なりの答えが本書である。筆者は久しく古代和歌を考察してきたが、和歌の流れをたどっているうちに、いつしか鎌倉将軍や武士たちの和歌の世界に踏み込んでいた。以前より特に惹かれていた宗尊親王を歌人論として纏めたのが前著『鎌倉六代将軍宗尊親王』（新典社）であったが、本書は親王を含む鎌倉歌人の全体像を、天網ならざれば疎にして漏れているかもしれないが、可能な限り俯瞰したものである。研究が細分化し深化している現在でも、本書はなお許容される筆のすさびであると信じたい。二条の疎んじた郷であっても鎌倉は文化の薫る都である。その文化に関わる一書をさらに得たことは、鎌倉市民として無上の喜びである。

最後にお世話になった新典社に、とりわけ担当の田代幸子氏には深く謝意を表したい。

北条氏歌人系図

『和歌文学大辞典』付録「歌人系統図」を基に作成。ゴシック体は勅撰集入集歌人

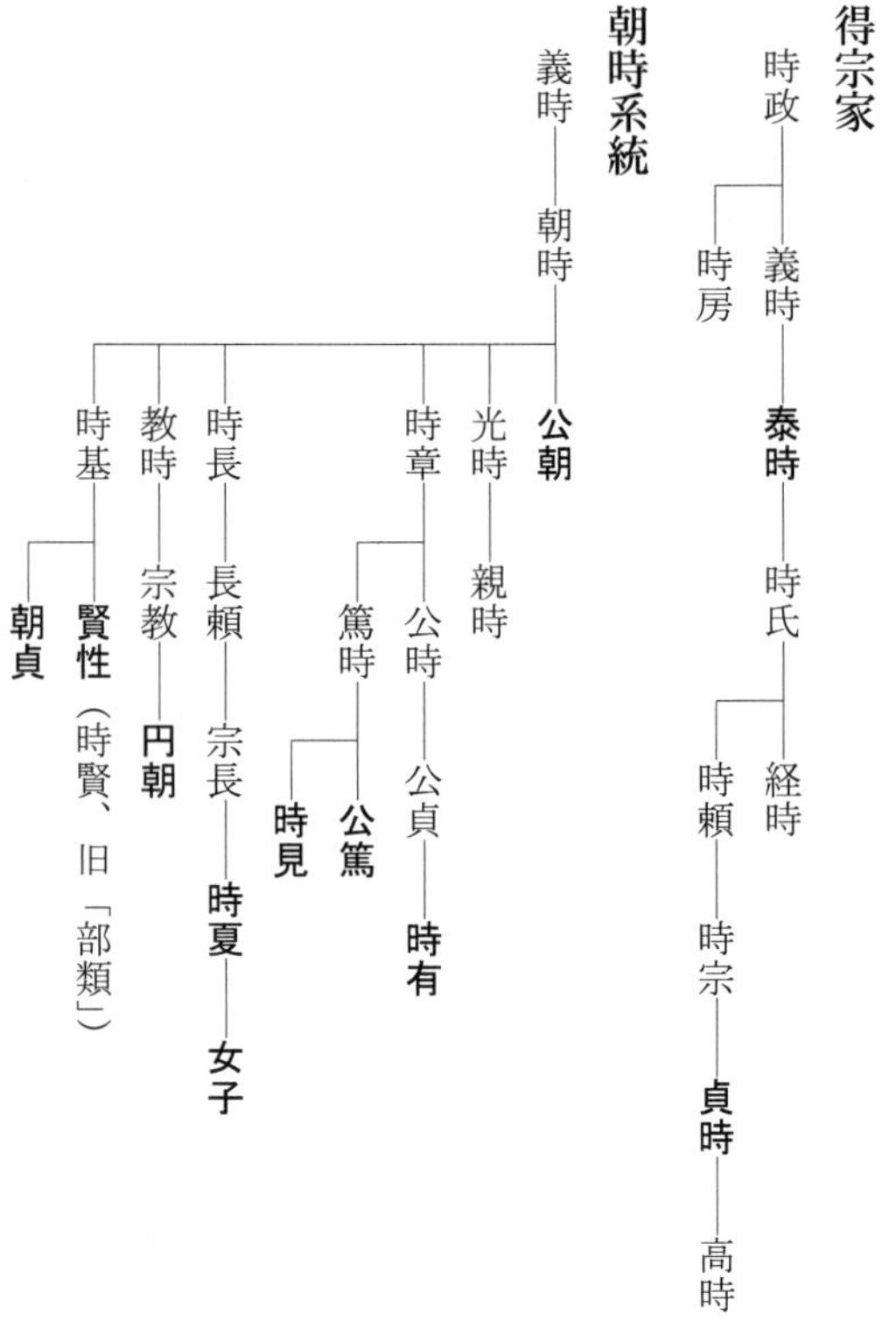

重時系統

- 義時
  - **重時**
    - **長時**
      - **義宗**
        - **久時**
          - 守時
          - **英時**
    - **時茂**
      - **時範**
        - **範貞**
    - **義政**
      - **国時**（時国男か）
      - **時治**
    - **忠時**

政村系統

- 義時
  - **政村**
    - **時村**（行念）
      - **為時**
        - **熙時**
          - **貞熙**
        - **時仲**
      - 貞村
      - 定宗
        - 随時
    - 厳斎
    - 宗房
    - **政長**
      - **時敦**
        - 時益
      - **重村**

有時系統

- 義時
  - 実泰
    - 実時（金沢）
      - 実村
  - 有時
    - **通時**
      - **時高**
        - **時邦**

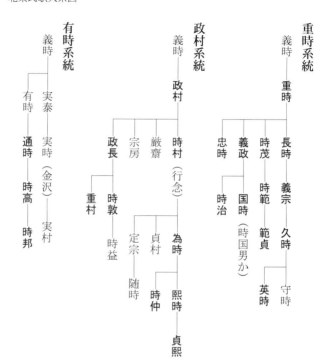

時盛系統

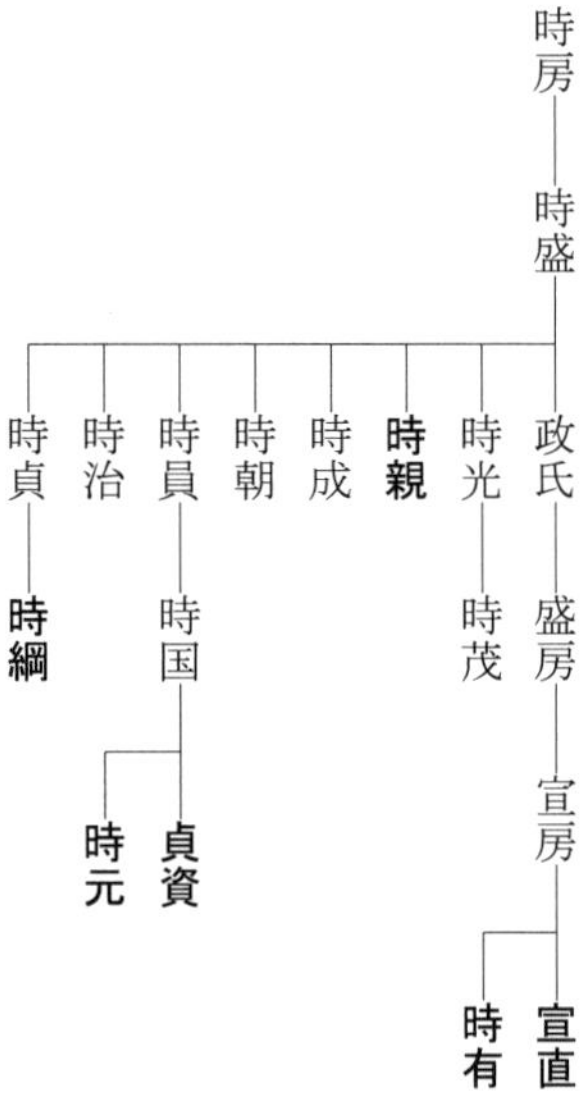
時房
時盛
政氏
盛房
宣房
宣直
時有
時光
時茂
時親
時成
時朝
時員
時国
貞資
時元
時治
時貞
時綱

時房系統

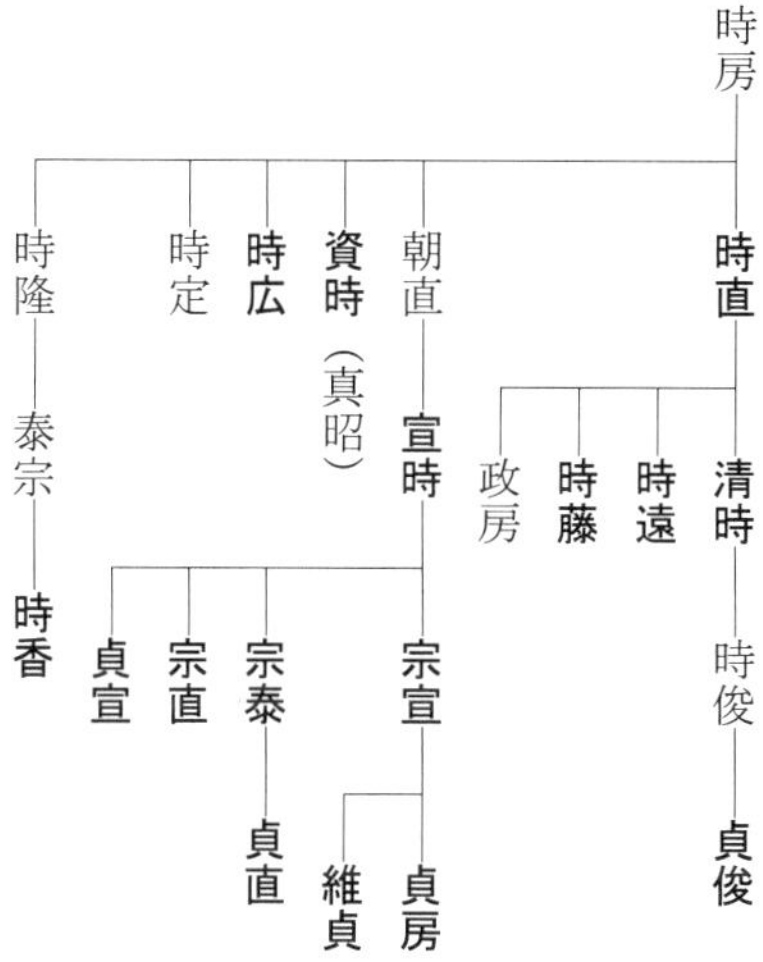
時房
時直
清時
時俊
貞俊
時遠
時藤
政房
朝直
宣時
宗宣
貞房
維貞
宗泰
貞直
宗直
貞宣
資時
（真昭）
時広
時定
時隆
泰宗
時香

和歌関係略年表

将軍	和歌関係事項	その他関連事項
頼朝 建久三（一一九二）七 〜正治元（一一九九）一	・文治二（一一八六）八　頼朝西行に和歌と弓馬の武芸を訊ねる ・建久元（一一九〇）一〇　上洛の途上菊川で、頼朝と梶原景時が軽妙暁な連歌を交わす ・没後、頼朝歌が二首『新古今和歌集』に採られる	
頼家 建仁二（一二〇二）七 〜同年二・九	和歌などの記録なし	○建仁三（一二〇三）の乱により比企氏滅亡、頼家孤立す ○元久元（一二〇四）頼家は修善寺に幽閉され殺害された
実朝 建仁三（一二〇三）九 〜承久元（一二一九）一	・元久元（一二〇四）七　源光行『蒙求和歌』を撰す ・建永元（一二〇六）八　定家から合点と詠歌口伝一巻が実朝に贈られる ・承元四（一二一〇）九　幕府にて和歌会 ・同年一一　幕府南面にて和歌会 ・建暦三（一二一三）二　幕府にて和歌会	○建暦三（一二一三）五

	・同年三　藤原長定が三代集の女房の歌を撰び絵に描いて実朝に献じる ・同年四　朗月に対して南面にて和歌会 ・同年七　御所にて和歌会 ・建保六（一二一八）九　御所にて和歌会	和田合戦 ○承久の乱 ○実朝公暁に惨殺さる
頼経 嘉禄二（一二二六）一 ～寛元二（一二四四）四	・寛喜元（一二二九）九　御所にて和歌会 ・同二（一二三〇）二春　泰時と明恵上人との贈答歌（明恵上人歌集） ・貞永元（一二三二）一一　永福寺釣り殿にて和歌会 ・天福元（一二三三）五　御所和歌会 ・同年九　泰時亭にて和歌会 ・文暦二（一二三五）二　後藤基綱亭にて和歌会 ・嘉禎三（一二三七）三　新御所にて和歌会 ・同年八　明月に対して当座の和歌会 ・延応元（一二三九）九　御所にて和歌会。題、行路紅葉・暁擣衣・九月尽 ・仁治二（一二四一）八　御所にて観月和歌会 ・同年九　人丸影供 ・同年一一　御所にて歌会 ・寛元二（一二四四）一　三嶋奉幣　詩歌	○九条通家男、三歳の三寅、後の将軍として鎌倉に下る
頼嗣 寛元二（一二四四）	・頼経大御所時代　寛元二（一二四四）から二年余り続く、その間の頼経家の歌会	

～建長四（一二五二）三	・前大納言頼経家にて、早秋の心をよみ侍りける　藤原基隆（続後拾二四五） ・時朝家集『前長門守時朝入京田舎打聞』（時朝集）に「鎌倉入道前大納言家」での和歌会で詠んだ歌が三首伝えられている ・寛元元（一二四三）頼経は源親行に万葉集の校本を撰することを命ず、寛元四（一二四六）一　同じ命を仙覚に下命、翌年完成するが、頼経はすでに京へ追われていた ・同年二（一二四四）五　御所にて和歌会 ・宝治元（一二四七）九　諸人和歌を添えた菊を御所の小庭に植える ・同年二（一二四八）五　端午の節の御所での歌会 ・同年九　長月尽の御所での和歌会 ・建長二（一二五〇）六　泉殿にて白拍子猿楽など ・同年三（一二五一）二　政村第にて三百六十首継歌	○宝治元（一二四七）六 宝治合戦　三浦氏滅亡
宗尊親王 建長四（一二五二）四 ～文永三（一二六六）七	・建長五（一二五三）五　御所にて和歌会 ・康元元（一二五六）五　御所内々和歌会 ・同年七　時頼御亭にて和歌会 ・正嘉二（一二五八）七　御所にて和歌会 ・同年九　九月尽　当座和歌会 ・正元二（一二六〇）一　歌道・蹴鞠・管絃・祐筆・弓馬・郢曲以下、芸あるものを昼番衆とする ・同年一二　真観鎌倉に下着、歌壇を指導する ・文応二（一二六一）一　和歌会始 ・弘長元（一二六一）（二月二〇日改元）三　歌仙により近習を	○後嵯峨院第一皇子、宗尊親王を将軍とする

	結番 ・同年五　御所和歌会 ・同年七　宗尊親王百五十番歌合 ・同年七　後藤基政に関東近古の詠『東撰和歌六帖』を撰進せしむ ・同年三（一二六三）二　当座の和歌御会　臨時の儀、暁更に及ぶ ・同年八　御所にて五十首歌合　衆議判。衆議判終わり、連歌 ・文永元（一二六四）一二　真観に家集『瓊玉集』を撰ばせている。なお親王の家集には、他に『柳葉和歌集』『中書御詠』『竹風和歌集』が伝わる ・同年二（一二六五）この年仙覚が万葉集の校本を献上 ・同年二・九　前内大臣基家に命じて、当代歌人から三六人を撰び一六番の歌合を撰進することを命ず。これを『三十六人大歌合』という ・同年三（一二六六）三　当座和歌会 ・家集などを検すれば、右以外の多くの和歌の行事が見いだせる	○弘長三（一二六三）一一　執権北条時頼卒去
惟康親王 文永三（一二六六）七 ～正応二（一二八九）九	・文永六（一二六九）四　仙覚の『万葉集註釈』成立 ・建治二（一二七六）閏三　時宗『現存三十六人詩歌』屏風を創らせる ・弘安一〇（一二八七）頃　鎌倉二品親王家十首歌	○宗尊親王京に追放され、嫡了惟康親王将軍となる ○文永・弘安の役 ○時宗、弘安七（一二八四）卒去
久明親王	・久明親王、執権北条貞時ともに優れた歌人で、宗尊親王時代に	○後深草院皇子、久明親

正応二（一二八九）一〇 ～延慶元（一三〇八）八	次いで鎌倉歌壇は盛り上がる ・左記の和歌会などはいずれも成立年代不詳 式部秦王家にて　寄河恋 式部卿親王家にて　梅花久芳 式部卿久明親王家　竹不改色 式部卿親王家　探題 式部卿親王家　題をさぐりて 式部卿久親王家にて題をさぐりて歌よませ侍りけるに　檜雪 式部卿久明親王家三首歌の中に　月前秋風 式部卿親王家三首歌　秋草 式部卿親王家御歌 式部卿親王家和歌所歌 式部卿親王家御会 式部卿親王家十五夜御会 式部卿親王家御会 式部卿親王家五十首歌 ・冷泉為相、三〇歳の正応五（一二九二）以降多く関東に在住。鎌倉歌人の師範を勤める。家集に『藤谷和歌集』が伝えられる	王将軍となる
守邦親王 延慶元（一三〇八）八 ～元弘三（一三三三）五	・和歌関係行事も将軍の詠歌も伝わらない ・応長元（一三一一）一〇　貞時没してより、鎌倉歌壇は求心力を失い、次第に衰退したらしい	○久明親王の嫡子守邦親王将軍となる ○元弘三（一三三三）五　鎌倉幕府滅亡

参考文献（単行本に限った。出版年代順）

上横手雅敬『北条泰時』吉川弘文館　一九五八年一一月
渡辺　保『北条政子』吉川弘文館　一九六一年二月
和歌文学会編『和歌文学講座1　和歌の本質と表現』桜楓社　一九六九年一二月
和歌文学会『和歌文学講座7　中世・近世の歌人』桜楓社　一九七〇年七月
土岐善麿『日本詩人選　京極為兼』筑摩書房　一九七一年二月
吉本隆明『日本詩人選　源実朝』筑摩書房　一九七一年八月
橋本不美男『王朝和歌史の研究』笠間書院　一九七二年一月
福田秀一『中世和歌史の研究』角川書店　一九七二年一月
石田吉貞『新古今世界と中世文学』北沢図書出版　一九七二年一月
安井久善『藤原光俊の研究』笠間書院　一九七三年一一月
外村展子『鎌倉の歌人』かまくら春秋社　一九八六年一月
松尾剛次『中世都市鎌倉の風景』吉川弘文館　一九九三年一二月
岩佐美代子『京極派歌人の研究』笠間書院　一九七四年四月
鎌田五郎『源実朝の作家論的研究』風間書房　一九七四年五月
久保田淳『中世和歌史の研究』明治書院　一九九三年六月
塚本邦雄『王朝百首』文化出版局　一九七四年一二月

塚本邦雄『日本詩人選　藤原俊成・藤原良経』筑摩書房　一九七五年六月
井上宗雄『増鏡全訳注　上』講談社学術文庫　一九七九年一一月
藤平春男『新古今とその前後』笠間書院　一九八三年一月
安田元久『源頼朝―武家政権創始の歴史的背景―』吉川弘文館　一九八六年一〇月
井上宗雄『中世歌壇史の研究―南北朝期』明治書院　一九八七年五月改訂新版
藤平春男『歌論の研究』ぺりかん社　一九八八年一月
田中　稔『鎌倉幕府御家人制度の研究』吉川弘文館　一九九一年八月
相原精次『みちのく伝承―実方中将と清少納言の恋―』彩流社　一九九二年一月
貫達人・石井進編『鎌倉の仏教―中世都市の実像―』有隣新書　一九九二年一一月
河野眞知郎『中世都市鎌倉―遺跡が語る武士の都』講談社選書メチエ　一九九五年五月
山田邦明『鎌倉府と関東―中世の政治秩序と在地社会―』校倉書房　一九九五年八月
大谷雅子『和歌が語る吾妻鏡の世界』新人物往来社　一九九五年一二月
長崎健・中川博夫・外村展子・小林一彦『私家集全釈叢書　前長門守時朝入京田舎打聞集全釈』風間書房　一九九六年一〇月
井上宗雄『鎌倉時代歌人伝の研究』風間書房　一九九七年三月
佐々木馨『歴史文化ライブラリー　執権時頼と廻国伝説』吉川弘文館　一九九七年一二月
山本幸司『頼朝の精神史』講談社選書メチエ　一九九八年一一月
三谷邦明・三田村雅子『源氏物語絵巻の謎を読み解く』角川書店　一九九八年一二月
野口　実『武家の棟梁源氏はなぜ滅んだのか』新人物往来社　一九九八年一二月

細川重男『鎌倉政権得宗専制論』吉川弘文館　一九九九年一月
中川博夫『藤原顕氏全歌註釈と研究』笠間書院　一九九九年六月
田渕句美子『阿仏尼とその時代―「うたたね」が語る中世―』臨川書店　二〇〇〇年八月
今関敏子『『金槐和歌集』の時空―定家初伝本の配列構成』和泉書院　二〇〇〇年八月
五味文彦『増補　吾妻鏡の方法―事実と神話にみる中世―』吉川弘文館　二〇〇〇年一一月
下向井龍彦　日本の歴史『武士の成長と院政』講談社　二〇〇一年五月
北条氏研究会編『北条氏系譜人名辞典』新人物往来社　二〇〇一年六月
川添昭二『北条時宗』吉川弘文館　二〇〇一年一〇月
七海雅人『鎌倉幕府御家人制の展開』吉川弘文館　二〇〇一年一二月
谷沢永一・渡部昇一『詠う平家と殺す源氏―日本人があわせ持つ心の原点を探す』ビジネス社　二〇〇二年一二月
関　幸彦『「鎌倉」とはなにか、中世、そして武家を問う』山川出版社　二〇〇三年五月
永井　晋『金沢貞顕』吉川弘文館　二〇〇三年七月
奥富敬之『歴史文化ライブラリー　鎌倉北条氏の興亡』吉川弘文館　二〇〇三年八月
上杉和彦『大江広元』吉川弘文館　二〇〇五年五月
上横手雅隆『鎌倉時代　その光と影』吉川弘文館　二〇〇六年一二月
本郷和人『新・中世王権論―武門の覇者の系譜』新人物往来社　二〇〇四年一二月
高橋慎一朗『日本史リブレット　武家の古都・鎌倉』山川出版社　二〇〇五年九月
秋山哲雄『北条氏権力と都市鎌倉』吉川弘文館　二〇〇六年一二月

細川重男『鎌倉北条氏の神話と歴史―権威と権力―』日本史史料研究会研究選書　二〇〇七年一〇月
清水　亮『鎌倉幕府御家人制の政治史的研究』校倉書房　二〇〇七年一一月
三田武繁『鎌倉幕府体制成立史の研究』吉川弘文館　二〇〇七年一二月
永原慶二『日本中世の社会と国家・中世史の争点』吉川弘文館　二〇〇八年一月
北条氏研究会編『北条時宗の時代』八木書店　二〇〇八年五月
小川剛生『武士はなぜ歌を詠むか　鎌倉将軍から戦国大名まで』角川学芸出版　二〇〇八年七月
高橋典幸『鎌倉幕府軍制と御家人制』吉川弘文館　二〇〇八年九月
塚本邦雄『王朝百首』講談社文芸文庫　二〇〇九年七月
関　幸彦『鎌倉殿誕生―源頼朝―』山川出版社　二〇一〇年二月
三池純正『モンゴル襲来と神国日本』洋泉社　二〇一〇年六月
細川重男『北条氏と鎌倉幕府』講談社選書メチエ　二〇一一年三月
細川重男『鎌倉幕府の滅亡』吉川弘文館　二〇一一年二月
塚本邦雄『西行百首』講談社文芸文庫　二〇一一年三月
織田百合子『源氏物語と鎌倉―「河内本源氏物語」に生きた人々―』銀の鈴社　二〇一一年一二月
山本隆志『東国における武士勢力の成立と展開―東国武士論再構築―』思文閣出版　二〇一二年二月
本郷和人『ＮＨＫさかのぼり日本史　室町・鎌倉〝武士の世〟の幕開け』ＮＨＫ出版　二〇一二年三月
錺　武彦『鎌倉時代中後期和歌の研究』新典社　二〇一二年五月
湯浅治久『蒙古合戦と鎌倉幕府の滅亡』吉川弘文館　二〇一二年一一月
関　幸彦『武士の誕生』講談社学術文庫　二〇一三年一月

石井正敏『ＮＨＫさかのぼり日本史　外交篇　なぜ、モンゴル帝国に強硬姿勢を貫いたのか』ＮＨＫ出版　二〇一三年五月
秋山哲雄『敗者の日本史　鎌倉幕府滅亡と北条氏一族』吉川弘文館　二〇一三年五月
谷知子・平野多恵校注『和歌文学大系　秋篠月清集／明恵上人歌集』明治書院　二〇一三年一二月
坂井孝一『源実朝――「東国の王権」を夢見た将軍』講談社選書メチエ　二〇一四年七月
福田豊彦・関幸彦編『「鎌倉」の時代』山川出版社　二〇一五年一月
渡邊晴美『鎌倉幕府北条氏一門の研究』汲古書院　二〇一五年二月
五味文彦『源実朝――歌と身体からの歴史学――』角川選書　二〇一五年九月
近藤成一『鎌倉幕府と朝廷』岩波新書　二〇一六年三月
坂井孝一『承久の乱――真の「武者の世」を告げる大乱――』中公新書　二〇一八年一二月

菊池　威雄（きくち　よしお）
1937 年 11 月　長崎市に生まれる
1960 年 3 月　山口大学教育学部第一中等学科卒業
1962 年 3 月　早稲田大学大学院修士課程修了
専攻・学位　日本文学・博士
主著『柿本人麻呂攷』(1987年，新典社)
『むらさきのにおえる妹 額田王』(1989年，新典社)
『人麻呂幻想』(1995年，新典社)
『高市黒人―注釈と研究―』(編著，1996年，新典社)
『恋歌の風景―古代和歌の研究―』(2001年，新典社)
『天平の歌人 大伴家持』(2005年，新典社)
『万葉の挽歌　その生と死のドラマ』(2007年，塙書房)
『万葉　恋歌の装い』(2010年，新典社)
『鎌倉六代将軍宗尊親王―歌人将軍の栄光と挫折―』
(2013年，新典社)

鎌倉武士《かまくらぶし》の和歌《わか》
―― 雅のシルエットと鮮烈な魂 ――　新典社選書 105

2021 年 10 月 20 日　初刷発行

著　者　菊 池　威 雄
発行者　岡 元　学 実

発行所　株式会社　新 典 社

〒101－0051　東京都千代田区神田神保町1－44－11
営業部　03－3233－8051　編集部　03－3233－8052
ＦＡＸ　03－3233－8053　振　替　00170－0－26932

印刷所 惠友印刷㈱　製本所 牧製本印刷㈱

ISBN978-4-7879-6855-5 C1395
https://shintensha.co.jp/　E-Mail:info@shintensha.co.jp